Wi vertellt op PLatt

Twintig wohre Geschichten ton Högen un Nadinken

Grete Hoops

Wi vertellt op Platt

Twintig wohre Geschichten ton Högen un Nadinken

ISENSEE VERLAG
OLDENBURG

Das Titelblatt zeichnete Christel Daub aus Bremervöde. Christel Daub ist eine sehr begabte, leidenschaftliche Hobby-Malerin, die sich mit ihren bildern in Norddeutschland bereits einen Namen gemacht hat. Sehr viele schöne Portraits und Lanschaftsbilder aus ihrer Hand sind im Hotel Daub in Bremervörde zu bewundern.

Die Illustrationen zu den einzelnen Geschichten zeichnete Ute von der Wehl. Ute von der Wehl lebt seit 1961 als freischaffende Künstlerin in Schneverdingen (Lauenbrück) und hat sich mit ihren Bildern in näherer Umgebung und über die Grenzen hinaus bis ins Ausland einen guten Namen gemacht. Etliche Bücher sind bislang von ihr illustriert worden.

Dieses Buch enthält nur wahre Begebenheiten, die in der plattdeutschen Sprache des nordöstlichen Gebiets von Niedersachsen geschrieben sind.

Bibliografische Information Der Deutschen Bibliothek

Die Deutsche Nationalbibliothek verzeichnet diese Publikation in der Deutschen Nationalbibliografie; detaillierte bibliografische Daten sind im Internet über http://dnb.d-nb.de abrufbar.

ISBN 978-3-7308-1839-8

Gedruckt bei Isensee in Oldenburg

Wat in dit Book steiht

En Woort vörweg

Ik frei mi, wenn jechenseen de plattdüütsche Spraak gefallt un ik frei mi över jeden, de wat mit plattdüütsch an'n Hoot hett. Is eendoont, ob he leest, schrifft, singt orer tominst versteiht. Blots wenn nüms mehr in disse schöne, warme Spraak wat vertellt, denn nützt dat Verstahnkünnen ok nix mehr.

In mien Schrieveree heff ik männicheen gediegen Sprickwoort inbröcht. Mi dünkt, dat dat nich verschütt gahn dröfft, wie us Ahnen sik wat vertellt hebbt. De Wöör von Goethe und Schiller un all de annern hochdüütschen Dichterslüüd klingt uk best, beide Spraaken mööt wieter bestahn.

Ik müch aber uk jeden Hoochdüütschen Moot maken, mal'n poor Wöör op plattdüütsch to snacken, dor kann nüms wat verkehrt maken. Jeder schull so snacken, wie em de Snabel wussen is. Wi leevt in en Demokratie un jedereen dröfft ton Glück allns so vertelln, wie he dat müch un wat em so dünkt. Över anner Lüüd blots Godes un Wohres snacken und natürlich op plattdüütsch, dat is Ehrensaak.

De griese Breef

Gerda marschiert op de Achtzig to, mutt aber jümmer in'n Gang ween, se hett eenfach keen'n sitten Oors. Se is in 'e Kööк ant Schirrwarken un backt Brot för ehr Familie. Jüst as se ehr Hannen in'n Deeg hett, kummt de Postbüdel dör de Blangendöör rin un swungst mit'n Breef, de an Gerda schreben is.

„Och Hannes, legg den dor man op'e Waschmaschin daal, de is wollsachs nich wichtig, orer?“ seggt Gerda to den Postboten.

„Dat kann ik di nich seggen, schall ik dor mal eben roppkieken?“ fragt he ehr.

„Dat do, ik bün uk neischierig.“
„De Breef kummt von'n Landkreis, wat wüllt de denn von di?“
„O, Oho, nu hebbt wi dat Schaap int Blaarn, smiet den gau ganz baben opt Kökenschapp, dat mien Familie dat man jo nich wies ward.“

Gerda kriggt dat hill, denn disse Sorte von Breef mit son'n griesen Ümschlag de kennt se bilitten, dor hett se all welke von kregen. Se mutt dor düchdig för löhnen, denn dor is uk'n Foto von ehr in, nich schön, dat is dat vele Gild nich weert. Dat kummt aber uk dorvon, weil se jümmer veel üm'e Hand hett.

Se feuhert faken op'n letzten Drücker mit'n Auto los. To laat kamen will se nich, se gifft goot Gas un kickt nich op'n Tacho. Ehr Lüüd in'n Huus hebbt ehr wohrschoont: „Mudder, dat geiht nich so wieter un wenn du dat uk noch so drock hess. Nimm den Foot von'n Gas, anners kann dat angahn, dat du jüm dien'n Lappen mal'n tietlang laten muß. Denn dröffs du jeden Dag to Huus blieven un dat hullst du doch nich ut.“

Gerda nimmt nämlich noch so enige Ehrenämter wohr, se höört to den Vörstand von de Landfroons, se is in'n Gemeenderat wählt worn un se warkelt in'n Seniorenbirat mit. In'n Heimatvereen is se bannig aktiv, se laadt de ülleren Lüüd eenmal in'n Maand ton Kaffeenamiddag in ehr grode Dönz in, de fröher mal'n Hökerladen ween is. Dor laat se sik dat denn goot gahn, pleegt dat Plattdüütsche un lacht un sünd hüllsch vergnöögt. Se hett dorüm ehr Patent ton Autokutschiern bannig nödig. Nüms schall aber von dissen verflixten Breef wat wies weern.

Eerst 's abends, as all to Rüh sünd, angelt se sik ehr Post von'n Schapp hindaal. Ehr Hannen kriegt dat Beben, as se den apen ritt. Wat leest se dor von „Sehr geehrte Frau, wat sünd de opmal vörnehm worn. Dor is gorkeen Foto in. Dat is en Breef von'n Landrat, se schall dat Bundesverdeenstkrüüz kriegen. Se is inlaad nan Kreishuus to kamen, dor wüllt se dat mit ehr dörsnacken, wie de Fier aflopen schall. Mit sowat hett se allsienleev nich reekt un kann dat kuum glöben. Hett se soveel Ehre verdeent? Mutt jo woll so ween, denn vele Persönlichkeiten hebbt dat vörslaan, dat ehr disse hoge Utteken tokamen schall.

Gerda puckert doch dat Hart, as se sik för dissen Dag fein maakt mit'n feine witte Spitzenbluus un ehr düsterblaue Kostüm hett se sik dezent inkleed't.

In'n Kreishuus ward se ganz fründlich von de Sekretärin willkamen heten. De stellt ehr 'n weken Plüschstohl hin, dor kann se denn daalhuken, weil se noch'n Ogenblick teuven mutt. Se ward nu von de Vörzimmerdoom rinropen. Dat is sonnerbor, disse Fro fraagt ehr na ehrn Naam un na ehr Geburtsdatum.
„Dat is doch gediegen", dinkt Gerda, „wenn de en'n Minschen inlaad, denn mööt de doch weten, wokeen'n se sik hernödigt.“
„Müssen Sie sich das wirklich noch antun, denn wie ich sehe, sind Sie die Jüngste nicht mehr“, höört Gerda de Sekretärin snacken.

Se is ganz bestött, snackt man so mit'n ole Fro? Un denn findt Gerda doch de Spraak woller un antert bescheiden: „Ich habe mir das nicht ausgesucht, ich wurde von mehreren Leuten vorgeschlagen.“
Disse Fro in'n Büro will ehr afraden un wiest ehr dor op hin, dat in de böberste Etage de Finstern putzt weern mööt un dat kann blots en, de ganz un gor schwindelfree is. Nu is Gerda verbiestert, rückoorst op'n Stohl hin un her, schall se hier denn uk noch putzen? Se kramt den griesen Breef ut de Tasch un kickt dor noch mal rop.
„Zeigen Sie mir den Brief doch mal her, der is doch sicher verkehrt adressiert“, de Fro will Kloorheit schaffen.
De Schrieversche ward opmal puterrot un weet nich, ob se lachen orer wenen schall. „O, liebe Frau, bitte entschuldigen Sie, hier ist eine Stelle als Putzfrau ausgeschrieben. Ich dachte, dass Sie die Bewerberin sind und sich vorstellen.“

Dat lude Lachen von twee Froons, dat keen End nimmt, hett de Landrat nich öberhöört un batz steiht he int Döörlock un kann blots mitlachen.

Dorför is nachher de Fier besonners goot un vergnöögt aflopen. Gerda hett disse Geschichte ton besten geben. Sogor de Landrat hett dor wat ut lehrt, denn von do an, is son besonnere Inladen, nie woller in en'n griesen Ümschlag verschickt worn.

Geburtsdag in Coronatiet

Schön gemütlich sitt de Familie an'n Fröhstücksdisch. De Sünn is jüm vörbikamen, is all vör jüm opstahn un schient hell un warm op Brötchen, Botter, Käs un schickt ehr besten Strahlen op den wunnerboren Rükebusch. Fiefundörtig rote Rosen prunkt dor vör Heike ehr Kaffeetass.

Bi Familie Greunwisch is Fierdag. Frank, Hanna un Tim freit sik mit Mama Heike, de bi beste Gesundheit vundaag een Johr üller worn is.

De Familienrat is an'n Verhackstücken, wie se dissen Dag beten besonners aflopen laten künnt. Wegen disse gräsige Corona Süük kriegt se keen'n Besöök un se künnt uk narms hinfeuhern un fürstlich spiesen. Keen Cafe serviert jüm leckere Torte, keen Theater, keen Kino, keen Tierpark un keen Swümmbad maakt jüm de Döör apen. Jüm blifft nix anners över, se wüllt'n langen Spaziergang maken, aber wo? Hier üm jümehr Dörp ümto kennt se jeden Boom un Struuk, nä dat is langwielig. Dat mutt wat Besonners ween, denn Mama hett doch Geburtsdag. De littje Tim, disse plietsche Jung, kann knapp öbern Disch kieken, aber he hett'n Idee: „Ik will plattbarf an'n Strand pattschern.“
„Du büst woll mall“, pruußt Hanna los, „bi dissen gräsigen Wind in de Küll, denn feuher ik nich mit.“
„Gornich so übel“, mild't sik nu de Vadder to Woort, „gesunne Luft tanken. Wi kunnen us en Restaurant söken, wo wi us'n fertige Mahltiet afhooln künnt, wat meent ji von Kohl un Pinkel? Wenn wi denn hungrig woller to Huus sünd, künnt wi dor so över herfallen.“

Heike, dat Geburtsdagskind, schall nu den Utslag geben un seggen, wie se sik dat wünscht. Se kickt von enen ton annern un denn kummt se dormit rut: „Wi künnt schön langsam een littje Stunnen dör us norddüütsche Landschaft kutschiern, denn sünd wi in Cuxhoben. Hier künnt wi us blots so langen, as wi Freide dor an hebbt, den Seewind üm de Ohrn weih'n laten.“
De teihnjährige Dochder sitt muulsch op'e Eckbank, tütt de Knie hoch bit an'e Ohrn un kickt gorne hoch. De Mudder begöscht ehr: „Hanna, wenn wi eers dor sünd, denn hess du dor uk Spaaß an.“

Hanna blifft nix anners öber, se mutt ehrn Kopp bugen un mitfeuhern. Har se aber ahnt, wat dor noch aflöppt, denn har se lever alleen dat Huus hött.

Heike packt gau poor nödige Backsbeern tohoop un Frank paßt op, dat de Kinner sik uk warm anteht, n' warmen Wullpullover, Winterstebeln, Mütz, Schal un Handschen, nix dröfft vergeten weern. Heike dinkt an ehr warme Angora Ünnerwäsche, de kummt ehr nu goot to paß. Aber – oh Schreck! Se kriggt nu de Jeans nich to, de sünd to eng. Froonslüüd weet sik aber to hülpen. Heike kennt den Spruch: Wer sik nich to hülpen weet, de is nich weert, dat he in Verlegenheit kummt. Se will sik nich verkölen un se tütt sick de deftigen Schinkenbüdels orer den warmen Liebestöter, so nöömt de Hochdüütschen dat gode Stück, öber de Jeans an. Ehr lange Mannel reckt dor röber un denn is nix von de rosa Büx to sehn. Nu kann de Reis los gahn.

Heike sett sik an’t Stüür, denn se juckelt geern mit'n Auto rüm, aber bi'n Feuhern is ehr de dicke, lange Mannel hinnerlich un se smitt den eerstmal na achtern in'n Auto. De littje Tim freit sik as son Tuunkönig un versöcht uk sien Schwester to begeistern. Hanna hett keen Fleiten to Verkoop, se is jümmer noch ballstürig.

As Heike nu an'n Strand inparken will, kummt en Schandarm op jüm to un mutt jüm wegen de Corona Satzungen kontrollieren. He will von jüm weten, ob se een Familie sünd. He vermahnt jüm noch den eenunhalv bit twee Meter Afstand nich to vergeten. He maakt sien Arbeit gründlich na Vörschrift un fragt na dat Warndreeeck. „Na“, dinkt Heike, „de meent woll en Fro an’t Stüür, dor kunn woll nich allns opt Slott ween.“
As son Heek jumpt se ut'n Wagen na de Kufferklappen to. Nanu, de Autokutscher achter ehr drückt op'e Huup, se süht, dat he mit beide Hannen futert un denn wiest he uk noch beide Dumens peit in'e Hööch. De Schandarm grinst, he har woll geern luut lachen mücht, aber dat schickt sik nich, he is doch in'n Deenst. Heike kickt an sik daal,
se steiht dor in'n Pullover un lange rosa Liebestöter, de Jeans is nich to sehn. In'n Auto rinhüppen, sik den Mannel över den Buuk smieten, is eens. Dat Warndreeeck will de Beamte gornich mehr sehn, se dröfft foorns inparken. Dat kann se aber knapp hinkriegen vör luter Juchen un Lachen, denn sowat is doch minschlich. Hanna lacht nich mit un seggt, dat se sik bannig för ehr Mama schäämt hett.

Dat is aber trotzdem, orer viellich jüst deswegen, en wunnerschönen, lustigen Spaziergang worn, sogor Hanna hett dat Lachen woller lehrt.

De Dree von de Ackerbackerschool

Na öber twindig Johr hett en Schoolmester, as he pensioniert is, dat in'e Hand nahmen un en Klassendrepen anregt. Oh, dat hett Anklang funnen, öber twintig ehemalige Ackerbacker Schöler hebbt sik anmild't un freit sik dor op. In dat Karkdörp, wo de Schoolmester wohnt, schall dat in en Gastwirtschaft aflopen.

Dree von disse Jungens, dat sünd Reini, Didi un Burghi, hebbt damals in dit Dörp wohnt un denen in disse Ümgegend op Lehrhööf. Se sünd damals allerbeste Frünnen ween, aber nu wohnt se wiet weg un hebbt sik ut de Ogen verloorn.

Tofällig hebbt Didi un Burghi dat Glück un künnt in disse Weertschaft öbernachten un sünd all een'n Dag ehrer anreist. Oh wat freit se sik, as se sik na so langer Tiet noch woller kennt. Klor doch, dor mööt se op anstöten un sik mit'n Beer toprosten. Se sett sik blangen son poor üllere Mannslüüd an'n Tresen daal. Op'n Dörpen vertehrt de Lüüd ehr Fieravendbeer an'n Tresen un klöönt miteenanner un uk mit den Weertsmann, de hier dat Beer intappt. De beiden Jungs markt gorne, wie goot dat Beer smeckt un wie gau dat Glas woller leerig is. Se beduurt bannig, dat Reini noch nich dorbi is, denn dat heet blots jümmer: „Weeß du noch?" De en weet noch mehr as de annere, denn de dree kunnen sik damals in ehr Fell nich bargen. Wenn se wat utfuuln kunnen, denn kregen se dat hill. Se harn wieter nix as Kraihnschiet in'n Kopp un leten nix anbrennen, jeden Putt müssen se mit utlicken. Se sünd hier an'n Tresen twintig Johr jünger worn un markt gorne, dat de ole Kerl, de blangen Burghi sitt, ganz niev tohöört. Na ja is uk eendoont, all de Knääp sünd na öber twintig Johr langen verjährt.

„Kanns di noch trüchbesinnen op den Dag as wi för Hannes Buur den Mais mit'n Trecker fastfeuhert hebbt?“ hülpt Didi em bedinken. „Un ob ik dat noch weet“, antert Burghi, „dat kummt mi vör, as wenn dat güstern ween is. Reini is dor binah krank bi worn, he har bannig Bevern in’e Büx, dat us en kennt hett. Nachher feuhern wi op den Plattwagen mit ton Middageten na Hannes Buur. Wi seten eenfach so op den Mais, de ganz fien kaputt häckselt weuer. Wat hebbt wi förn Spaaß hat, as wi de Autos, de us in de Mööt kömen, mit Maiskluten besmeten hebbt. Wi hebbt de vörher ganz fass tohopenpreßt, jüst so wie wi dat in'n Winter mit Sneebälle maakt hebbt. Wat sünd dat doch för gräsige Undöög ween, aber wi weuern jung un keken de Wilt för'n Dudelsack an.“
„Du hess dat End vergeten, snack wieter orer hess dat Slimmste ut'n Kopp wegdrückt?“ fragt Didi.
„Nä, nä, du meenst de Geschichte mit den Postbüdel, de vertell ik nich geern, dor is mi mulmig bi. Worüm is dat uk son hitten Dag? Worüm hett he dat Autofinster apendreiht? Worüm hett he so suudje drödelt? Har he wat gauer feuhert, harn wi nich goot zielen kunnt un nix weuer passeert. Ja, un dorüm land’t de grote Maiskluten direkt vör den Postbüdel sien Böstkasten. O, wat is us dat tonah ween. Wi hebbt us gau ganz platt op'n Wagen daal smeten, dat he us man nich kenn, anners har dat bestimmt langen Habern geben.“
Miteens jumpt de Kerl blangen Burghi von'n Hocker, packt

Burghi, ritt em uk hindaal, pack em mit sien linken Hand för de Böss. Mit de rechten Hand tütt he em ganz scharp öber de een Backen un ratzfatz uk noch öber de annere Siet. „Laat mi los“, bölkt Burghi un he spaddelt as son Fisch op'n Drögen.
„Laat em los“, neit nu Didi na em to, „wat fallt di in?“
„Swieg still, anners bleiht di glieks dat sülbige“, de Kerl is mächtig in'e Brass. „Nu is de Buck fett, ik bün de Postbote August un de du eben kregen hess, de har ik di damals all todacht. Dat Auto sehg von binnen ut, as wenn dor Mais mit feuhert weuer, mien Postjack heff ik reinigen laten. Dat Slimmste weuer, dat all de Breef un Glückwunschkorten verdreckt un meßnatt weuern. So goot as dat güng heff ik den Schietkram dor rünner puult un heff de in'e Sünn dröögt, dormit ik de na Kaffeetiet de Lüüd tostellen kunn. So, nu hess du kregen, wat du di vör mehr as twintig Johr inhannelt hess.“ He nöhm sien'n starken Arm trüch un leet den verdutzten Bengel los un lach em in't Gesich.

Burghi un Didi hebbt sik nu doch bannig schäämt un hebbt bitt: „Reken us dat nu doch bitte nich mehr to, wi weuern domols bannig junge Snösels un noch nich dröög achter de Ohrn.“

Didi un Burghi hebbt noch n' Beer un Sluck för all utgeben un denn weuer de Saak vergeben un vergeten.

De fromme Hund

Dat is en Sünndagmornen wie he in'n Billerbook stahn kunn. De Süün schient hell dör de Ritzen von de Jalusie. Von de Helligkeit waakt Waltraut langsam op un se freit sik öber den freen Dag ohn Arbeit un Plicht. Se kickt na Siet, wahraftig uk ehr Ehemann Walter blinzelt un is ut'n Slaap. De beiden hebbt kööns ehr Plünnen tohopen smeten un Hochtiet fiert. Se sünd noch in de Stutenweken.

„Erste ünner de Bruus“, röppt se ehrn Mann noch to un denn is se all ut de Döör. Nu is Walter uk flink op Zack un smitt de Kaffeemaschin an. So nimmt disse Sünndag 'n wunnerboren Anfang un Waltraut ahnt nich, wat de Dag woll noch bringt.

As se so vergnöögt in ehr Rundstücke biet, seht un höört se dörn Finster, dat de Naber vör sien Huusdöör steiht un luut lacht. De jungen Ehelüüd freit sik mit em, dat he so vergnöögt is, worüm he sik woll so höögt? Schull amennen jümehr Dackel Fiffi, disse Sleef, den se jüst eben ut de Döör rutlaten hebbt, viellich Exküsen maken? He is noch en Hundekind un kann sik mitünner in sien'n Fell nich bargen. Un richtig, Walter süht dat toeerst, disse Fiffi schecht jüst mit de gehäkelte Deek von'n Terrassendisch dör den dicksten Dreck. De junge Fro fielt hoch, neiht na buten un versöcht den Schlawiner dat gode Stück wegtonehmen. Aber he hullt dat mit sien'n scharpen Tähnen fass un sleit sik de Deek uk noch üm de Ohrn. Son Spell gefallt em. Dat End is, dat Frauchen woll gewinnt, aber den Rest von dat gode Stück kann se in'n Plünnensack steken. Dat is schannewert, aber den Köter kann se nich bestrafen, se mutt von nu an oppassen, dat dor keen Kram, de wat weert is, rüm liggt. Junge Hunnen sünd wie littje Kinner, de hülpt sik sülvst mit Spijöök von de Langewiel af.

Nu maakt de beiden jungen Lüüd den Plaan för den Dag trech. „Vundaag kummt de adelige Herr ut Sweden to Besöök in'e Kark, wüllt wi us nich uk mal disse Predigt anhöörn?“ sleit Waltraut vör.
„Is 'n gode Idee, aber Maibuur hett güstern all andeent un mi wohrschoont, dat sien Koh Berta dicht vörn Kalben steiht un he vundaag hoffentlich op mien Hülp reken kann. Ik heff em dat toseggt. Gah du dor doch geern hin un denn vertells mi nachher, wie dat dor aflopen is. Ob de Herr von Beekenhoff amennen predigt hett? Dat is doch rech nobel von de Familie, dat de hier meist jedes Johr

eenmal herkummt, weil sien Vörüllern dit Dörp Bexhövede mal gründt hebbt.“
Waltraut nimmt ehrn Mann noch dat Verspreken af, dat he aber jo goot för Fiffi oppaßt un se ganz sorglos na Karken gahn kann.

Se is jüst eben op'e Karkenbank daalhuukt un lauscht ganz niev op den Pastorn sien Wöör. He begrööt jüm all un besonners den Mann ut Sweden. Dor kratzt doch wat an'e Döör! Nu höört se en'n Hund jaulen un ganz bitterlich wenen. Waltraut markt foorns an'e Stimm, dat dat ehr Hund Fiffi is un ehr Gesich farvt sik puterrot. De junge Pastor is aber gorne verlegen un weet Rat. He fragt de Gemeen, ob se dissen Hund rinlaten wüllt. De Karkenbesökers kennt de Egenorten von de Deerten un roopt luut: „Ja“. As de Karkendener de Döör apen maakt, hett de Köter de Snuut an'e Eer un snüffelt un batz hett he Waltraut funnen. Schwuppdiwupp sitt he bi Frauchen op'n Schoot. Se strakelt em un de Hund is ganz ruhig un tofreden. De Pastor kann wietersnacken un denn den Adeligen ut Sweden den Afloop von den Gottesdeenst öberlaten.

Ton Glück snackt de noch fein düütsch un dat schient en richtigen Festakt to weern. As nu de Orgel anfangt to speeln un de Gemeen singt, will Fiffi, disse Muscheblix, nich trüchstahn un probeert mit sien Dackelstimm mittosingen. Viellich kennt he dat Sprickwoort: De Pastor, de Köster un de Hund verdeent ehr Brot mit'n Mund. Weil dat aber ganz un gor keen'n harmonischen Klang is, bringt de junge Fro em gau ton Swiegen. Bi de Predigt is de Köter ganz still, he weet woll doch, wat sik schickt.

Aber as de Kaark to End is, seggt bi'n Rutgahn doch en to Waltraut: „Wat hess du för en frommen Hund, de Mudder orer Vadder von em mutt ja woll bi en'n Pastor leevt hemmen.“

De Herr ut Sweden un de Pastor staht nu, wie dat hier jümmer is, buten vör de Döör un wünscht jedeneen 'n kommodigen Sünndag. Waltraut kickt ganz verlegen un bitt bi de beiden, ehr dat natosehn, se will von nu an beter för den Hund oppassen. Do kloppt de Swede ehr op'e Schuller un seggt: „Das braucht Ihnen nicht peinlich zu sein, Hunde sind auch Geschöpfe Gottes.“

De Lokomotiv op Afwegen

De vergnöögte Hilde lehr ik as Rentnerin in'n Urlaub an 'e Nordseeküst kennen. De plattdüütsche Spraak sorgt dorför, dat wi us anfründ't. Wi lacht, singt un klöönt veel mitenanner un dorbi vertellt Hilde mi en Beleevnis ut ehr Kinnertiet, dat ton Nadinken anregt. Dat har Leben un Gesundheit kössen kunnt, is trotzdem lustig un kuum to glöben. De Saak speelt sik in de Kriegsjohrn af un man kann ut Hilde ehr Wöör ruthöörn, wie eenfach un bescheiden de Lüüd leevt hebbt un wie se all tohopen hooln hebbt.

Hilde ehr Familie bewohnt dat Bahnhuus ganz dicht an'e Gleisen, weil de Vadder den Posten as Zugführer hett. Dit Huus is an den Bahnschuppen anboot wo 's abends de dicke Lokomotive „Trina“ nan Bett bröcht weern mutt, denn hier end't de Strecke un dat is son beten afwas von'n Dörp.

Aber eensam is dat nie, denn faken maakt de Kinner den Weg hierher üm sik antokieken wie Trina nan Bett bröcht ward. Jungedi! Den Köppel Kinner kann man all von wieden höörn, wenn se in Hulschen anklabastern kaamt. Dat is jümmer lustig un de Jungs wüllt sik, wenn se groot sünd, all ehr Broot as Lokomotivführer verdenen. Uk Froonslüüd ut'n Dörp staht 's abends faken mit'n Blickammel praat un teuvt, dat utschlackt ward. Twüschen de Koksstücken find se af un to noch 'n Brocken, de to Huus den Oben orer Herd hitten kann. Dat is 'n möhselige Arbeit un uk noch verboden, aber de Heizer von de Lok kickt na anner Siet. För dat Bahnhuus ward 'n goot Kontigent an Köhlen todeelt un se hebbt ehr Dönz warm, weil de uk noch litt un uk siet in'n Bööm is. Disse Stuuv is faken vull Lüüd, de sik hier mal opwarmt.

Den Sommer öber quiekt hier op'n Hoff twee Swien, de denn to Wiehnachten an't Messer levert werd. Son halvstieg Höhner kratzt blangen de Gleisen rüm. Dat beste Stück is jümehr Beamtenkoh, de Zeeg Anneliese. De is so täsig un lett sik von jeden strakeln. Kinner, de to Huus nich veel in'e Melk to krömen hebbt, künnt hier wat miteten. Uk den Heizer langt Mudder faken 'n Tass Muckefuck un 'n Lebberwussbrot dör dat Kökenfinster rut.

So süht de Alldag hier jümmer öbereen ut, blots an en'n Dag nich, do is böös wat los. Dat is 'n warmen Vörjohrsabend, de Sünn sitt noch hoch an'n Heben. De ganse Wilt is friedlich, de Vogels singt, keen Fleger kummt anbrummen, keen Sirene huult, nix düürt op wat Slimmes hin. De Vadder hett sien'n freen Dag un kickt na sien littje Veehtüüch, Mudder warkelt in'n Goorn un Hilde un ehr littje Schwester un de noch littere Broder slaapt op'n Bööm in en littje Kamer. Op eenmal gifft dat son gewaltigen Knall, as wenn 'n Bomben insleit. De Litten fallt ut'n Bett un rennt de Trepp hindaal, wieter kaamt se nich, denn de Döör na'n Flur geiht nich apen. „Hilfe, hilfe“, bölkt Hilde un de beiden Litten blaart Snotten un Tranen. De Vadder rennt int Huus pett de Döör in, dat de Litten rut künnt. Nu süht Hilde, wat dor los is. De een Puffer von de Lok kick in'e Köök rin un de annere stickt sien Nääs in'e Spieskamer. Dat Kökenschapp is ümkippt, de Tassen un Tellers sünd to Schöörn worn. Fleesch- un Wussgläās sünd nich to sehn, dor liggt Kalkputz op. Wat von Mallöör! De Lokführer kickt dör dat Lock in'e Wand un seggt ganz dröög to mien Mudder: „Nu bruuks dat Finster nich mehr apen to maken, kanns us de Tass Kaffee dör dit Lock geben.

De Heizer süht ut as son Liek, so wittsnabelt is he, hett keen Fleiten to Verkoop un lett de Flünk hangen.

Dor word nu aber nich langen jammert un lamenteiert, dat geiht ant Oprümen. Acht fliedige Hannen hebbt de ganse Nacht topackt un kriegt dor bilitten Schick an. Sogor de Löcker in'e Wand hebbt se dicht müürt. Nüms von de Isenbahn, de Chef orer en, de veel to seggen hett, hett dor Wind von kregen. Keen Schandarm is dat wies worn. Dat is uk nie rutkamen, ob de Lokomotivführer orer amennen de Heizer de Lok in'n Schuppen leit hett, de Kollegen hoolt tohoop. Keeneen is'n Finger krümmt, nüms von jüm is to Schaden kamen un dorför sünd se dankbor. Dat har doch noch veel leger kamen kunnt.

Fidi is snutenfarig

Fidi, de Hannelsmann hett jüst mal woller 'n litt Geschäft afsloten, he hett Jan Söbenhoor en Tucht Farken afköfft. Dat hett masse Tiet un veel Wöörwark köst, bit se sik enig sünd. Jan is nich eenfach, de will för sien Veehtüüch, wie jede Buur, dat meiste Gild hemmen. Fidi weet aber nu all, wo he de gau woller hin verköpen kann. He weet Bescheed, denn de Weertsmann Paul Öberpülsch is jüst 'n Stallfull fette Swien los worn un hett den Kaven leerig. Se nöömt den Weertsmann blots jümmer bi sien'n Ökelnaam, den hett he sik verdeent. Wenn he sien Gäste Sluck int Glas inschinkt, seggt he faken: „Dat is to vull worn, dat pülscht öber."
De Weertsmann freit sik nu, dat he so gau woller Swien in'n Stall hett, de he fett fodern kann.

Fidi verdeent nich dat grode Gild, he is to ehrlich. De Buurn bewiesnääst em faken: „Fidi, kööp di doch mal 'n neiten Kittel, disse is so gries un verwuschen." He verteidigt sik denn aber, dat de Swien un Kalver dat eendoont is, wat he an hett un wo dat utsüht. Ik kann in dissen stinkerigen Stall doch nich in mien'n besten Anzug opdükern. Ik teh jeden Mornen en'n reinen Kittel, reint Hemd un 'n reine Büx an, denn us Mudder stickt dat stinkerige Tüüch 's abends foorns in'e Waschmaschin. Na dat erste hitte Waschen is de Farv dor rünner un de Klamotten seht oolt un gries ut. Ji mööt dat so mit mi Verleev nehmen.
Aber jümmer woller narrt se em dormit, wenn dat lustig un vergnöögt hergeiht. Fidi dinkt denn blots: „Snackt ji man to, wenn ji anners nix weet."

Wenn em dat to dull ward un se över sien Utsehn herteht, denn seggt he mal wat, wo he jüm mit ton Swiegen kriggt: „Egentlich beköört sowat blots de Ossen, wenn ik jüm taxeer.“

Wat son Hannelsmann is, de kennt natürlich uk jeden Fildweg un weet Bescheed, wo he en'n Weg afkörten kann. So is Fidi denn mal mit'n Fohrrad op en smale Teerstraat to gangen, wo an beiden Sieten depe Drecklöcker sünd. Fidi höört dat woll, dat en Auto achter em tuut un em öberholen will, kann aber mit besten Willen keenen Zentimeter na Siet utbögen, denn kippt he in en Waterlock. De Autokutscher hett wollsachs keen Lust, langen achter em ran to düdeln. He riskiert dat, an em vörbi to kamen. Oh, oh, op'n hangenhoor weuer dat in'e Büx gahn, dat Spiegel hett sik noch an den Ärmel von Fidi sien Kittel blank schüürt. Hett ton Glück aber goot gahn, Fidi is op 'n Rad besitten bleven un nich koppheister gahn.

Jede Hannelsmann weet, dat he bin Weertsmann förn Gröschen masse wies weern kann. Nu kickt uk Fidi dor mal eben rin un wer is dor uk? Ja, de Autokutscher, de em güstern so bedrängt hett. Fidi freit sik, denn nu eers ward he gewohr, dat dat Wilhelm, de Smitt ut'n Dörp is. De beiden sünd fröher Schoolkollegen ween. Wilhelm is ganz bestött, denn em is dat ganz tonah. He kloppt Fidi op'e Schuller: „Fidi, mien beste Fründ ut de Schooltiet, Fidi, güstern weuer ik bannig in'e Kniep, oh wat hebbt wi beide doch güstern för en Dusel hat. Güstern, weuer ik doch bald böös toschick kamen, do har ik di doch bald doot feuhert.“

Do antert Fidi ganz snutenfarig: „Ja, denn har ik vundaag tatsächlich nich mien'n griesen Kittel anhat, dorför aber endlich in mien'n besten Anzug glänzt.“

To vermieten

Nu backt dor'n witt Schild an de Kiekschiev von den gemütlichen Laden un dor is groot to Lesen: ZU VERMIETEN!

Wo geern is Fidi hier mit sien'n Hund Filax siet Johr un Dag inkehrt, wenn he von'n Wekenmark trüch kööm. Bi sien'n ehemaligen Schoolkollegen Bruno hett he sik hier denn 'n littje halve Stunnen verpuußt. Bruno höör disse Laden to un de frei sik uk un se hebbt gemülich 'n Tass Tee tohopen drunken. Gau fiel de Köter denn in de Eck, wo en Treier mit Water stünn, he har jümmer Döst.

Bruno verköfft Zeitungen un bunte Tietschriften, Böker un he nimmt Lotto- un Totoschiens an. Blangenbi hannel Bruno uk noch mit verschiedene Teesorten un he har masse Stammkundschaft. Hier güng dat rech sinnig to, denn jedereen dröff sik bi 'n Köppen Tee trüch tehn un sik 'n Book utsöken. Fidi köff hier jede Week sien Fernsehblatt, af un tö nöhm he för sien Fro en plattdüütscht Book mit, de lees se so geern. He sülvst kunn dor nich rech wat von kriegen. Dat Stillsitten weuer nix för em, he puddel lever in'n Goorn rüm.

Aber nu is de Laden dicht, Bruno markt de Johrn, de he op'n Puckel hett, he is faken nich goot op'n Damm, em plaagt sien Ischias. Nu hett he sik to Ruh sett.

Dat is'n bannig depen Gatz in Fidi sien Seele. Tweemal de Week geiht Fidi na'n Mark un jedes Mal tütt de Hund em vör disse Ladendöör, de to is. Fidi fehlt wat, he is trorig un de Hund wollsachs uk.

„Wer dor nu woll intütt un womit de denn woll hökert, dat schall mi mal verlangen“, so snackt he faken bi sik sülvst. De Köter is dat gewohnt, dat Fidi un he hier Pause maakt, wenn se von'n Mark kaamt un Filax sett sik jedes Mal vör de Döör hin.

Eens goden Dags is dat Schild: „TO VERMIETEN“, verswunnen un in den kahlen leerigen Ruum sünd twee üllere Froonslüüd ant Putzen, aber de Döör blifft dicht. Na'n littje Tiet sünd de beiden olen Froons bi un hingt masse bunte Biller an de Wand. In dat Kiekfinster stellt se allerhand gediegen Geschirr, een Kruuk ut Ton, de bunt bemaalt is, een Waterkruken, verschiedene bunte Schöddels un Kaffeeköppens. In'n Laden süht he op'n runnen Disch allerhand Püttjergeschirr. Schall dat hier amennen en Cafe oder gor 'n littje Weertschaft weern? Dor ward doch keen Swien ut klook. Wat wüllt twee so ole Froons hier noch groot op'e Been stellen? De Döör steiht nu jeden Dag wiet apen. Fidi weet nich rech, schall he dat mal riskiern un dor rinkieken? He süht, dat dor en junge Deern rin geiht. Een von de beiden olen Froons geiht ehr in'e Mööt un snackt mit ehr un wiest ehr mal dit un mal dat.
„Wat de Deern deit, dat waag ik uk“, seggt Fidi to sik sülvst un he pett dor uk 'n poor Treer rin. Filax kötert achteran, freit sik woll uk un wiebelsteert. Nu kummt de tweete ole Doom op em to un fragt: „Womit kann ich dienen, was möchten Sie kaufen?“
Fidi is ganz bestött, he will sik dor doch egentlich blots beten

ümkieken, he is neischierig un will weten, wat de dor so anbeet.
He stöttert beten rüm: „Ik gah hier faken vörbi un ik müch vundaag noch gornix köpen, ik müch bloots geern weten, wat Ji hier so anpriest un verhökern wüllt.“
Do antert de ole Fro ganz kort un luut: „Neugierige Gänse!“
Fidi kickt sien'n Hund an un seggt jüstso luut: „Kumm Filax, weg hier, de beiden Göös, de sünd mi to oolt, de künnt keen Eier mehr leggen, ut de Johrn sünd de rut. De kööpt wi nich, dat is wegsmeten Geld.“

Blots dat Junge tällt

Nu hett Emanuel de sömbtig faat, aber ännert hett he sik keen beten, he is un blifft 'n Angeber un Schörtenjäger. He kann eenfach nich anners, sien ganse Tietlebens kennt man em blots so.

Glieks na de Kuffermatschon wiest he de Deerns, wat he von'n Kerl is. He kickt jeden korten Rock na un is denn enttäuscht, wenn he de Fräuleins von vörn süht un de denn üller sünd, as em dat von Wieden schient hett.

De Lehrjohrn hebbt em uk nich daalduukt, he hullt de Nääs hoch, uk bi dullen Regen, wenn em dat Water in sien Nääslöcker löppt.

Bald is he en Mann, de bannig Geld verdeent un he hett masse Chancen bi de Deerns. He find't aber keen, de för em goot genoog is, denn he kickt blots na dat junge Gemüse un de wüllt em nich. He kann dat nich begriepen, denn he feuhert 'n Luxuslimousine, kleed't sik in Anzüg von den besten Twirn. Sien gulle Taschenuhr bammelt an en gulle Keed in de Westentasch. So stolziert he as en englischen Lord dör de Gegend un dör de Tiet. Op jede Festlichkeit prunkt he so, lett nix anbrennen un mutt jeden Putt mit utlicken. De jungen Gäst kiekt em all langen nich mehr an, blots de över dörtigjährigen smiet em noch mal verleevte Ogen to. Uk wenn de sik mit Fugenkitt un Farv jünger maakt, Emanuel lett sik nix vörmaken, he tällt aber blots dat Junge. En goden Fründ snackt em mal deswegen an un will em trechstuken. De Lebemann weet dat aber beter: „Mien Unkel, de op'n Dörpen wohnt, hett mi vertellt, dat en Koh un wenn se noch so oolt is, jümmer na dat junge Gras söcht.“

Nu hebbt em de Johre inhaalt, sien poor griesen Hoor waßt as son Kranz üm sien Glatze ümto, sien Wohlstandsbuuk is nich to översehn, he is keen staatschen Kerl mehr. Dor kann he sik aber nich mit affinnen un he pliert blots na ganz junge Deerns, de he as son jungen Gockel anhimmelt. De lacht aber över em un nehmt em as ooln Opa wohr.

As he mal in'n Hotel öbernacht hett un sik an'n annern Mornen an'n Fröhstücksbüffet dat Beste utsöcht, do grabbelt he in den Korv mit de gekookten Eier rüm. He faat mal'n Ei an un leggt dat woller trüch un kehrt de ünnersten in'n Korv na baben. Noch luurt de annern Gäste gedüllig, aber denn platzt mal 'n ülleren Herrn de Kragen un he will em toschick maken, aber sien Fro begöscht em: „Laat em gewährn, de hett 'n Splien orer sien fief Swien nich op'n Dutt.“

En Angestellte von'n Hotel fallt sien Hanteiern op un se fragt em: „Beste Mann, wat söökt se blots, de Eier sünd all alieke dick.“
Un denn antert Emanuel ganz trohartig: „Junge Höhner leggt de littsten Eier un dat söök ik, ik müch to geern dat Ei von en junge Hehn verspiesen.“
Mehr kann he nich seggen, denn sien Wöör gaht in dat lute Lachen von de Hotelgäste ünner.

De Brögam is to drook

Katrin is en junge Schölerin, de den sülvigen Wunsch hett, as ehr Mitschölers, nämlich endlich groot to ween un dat doon dröven, wat för de ülleren Lüüd sülvstverständlich is.

„Na dien Kuffermatschon künnt wi dor över snacken", menen ehr Üllern jedes Mal, wenn Katrin an'n Drünsen weuer.
Se wull so geern na'n Putzbüdel un sik ehr langen Zöpfe afsnieden laten. Ehr Üllern günnt dat aber nich, un se mutt noch jeden Mornen ehr schönen, langen, brunen Zöpfe flechen. Ehr Fründin geiht dat nix anners, uk de mutt teuven lehrn. Se wüllt alle beide as grode Deerns gilln un sik 'n Brögam anlachen. Obschoons se de ülleren Jungs mit verleevte Ogen anstrahlt, nützt jüm dat nix. Disse Burschen kehrt sik dor nich an un seggt: „Ji mööt noch 'n Gras."
Dat is de Deerns tonah, wenn se so bewiesnääst werd.

Katrin söcht Trost bi ehr Kusine Heike, de ehr dree Johr vörut is un all 'n Brögam hett. Se fründjert mit den Timmermann Jan ut dat Naberdörp. Och wenn Katrin dat doch uk kunn, sünndags mit 'n leven Jungen utgahn na'n Kino orer na'n Ball un düchdig danzen. Heike versöcht ehr to begöschen: „Dissen Sommer is hier Füürwehrball, dor kanns Du jüm wiesen, wo flott du dat Danzen in'e Danzschool lehrt hess un schalls sehn un beleven, wo sik de Jungs denn üm di riet."
Endlich steiht de Füürwehrball an, dat Teuven hett 'n End.

Katrin un ehr Fründin Gisela drööft dor för dree Stunnen hin. Se freit sik beide as son'n Tuunkönig un hüppt söben Pannkoken hoch. Ganz opgedreiht un rein ut de Tüüt wirbelt se los in ehr Afdanzballkleed un nu uk mit 'n Bubikopp. De Deerns sitt an de Siet von'n Saal, as de Heuhner op'e Stangen un de Jungs staht in Klicken rüm un uk an'e Theke drängelt de sik ran. As de Muskanten losschmettert fielt de Kerls öbern Saal un haalt de jungen Fräuleins ton Danz op. Uk Katrin un Gisela rüüscht jeden Walzer, Tango, Schieber orer Rheinlänner öbert Parkett. Helmut, de Jungkeerl paßt op, dat em keener tovör kummt un he wirbelt meist jeden Danz mit Katrin öbern Saal. De Deern mag em uk lieden, he is groot un slank un kann fix üm'n Dreih kamen un den Takt hooln. Helmut sien Doon is Huusslachter, dor verdeent he sien Broot mit. „Dat is mien Egen un mien Ploog", seggt he. Katrin kennt em, denn he maakt uk bi ehr Üllern sien Arbeit. Bi'n Wussmaken is se em all son beten to Hand gahn un se kennt sien Hanteiern. Aber en Deil mag se nich sehn, wenn he de stinkerige Swiensblaas mit'n Mund oppuußt as son Luffballon. Denn kickt se gau na anner Siet, dat is doch to eklig. Dat mutt woll ween, weil se dor nachher de Sülten rin füllt.
Dissen Abend süht se em mit verleevte Ogen un em geiht dat jüst so. Dat sünd'n poor lustige un vergnöögte Stunnen, aber veel to kort, denn de beiden Deerns seht ehr Üllern all in't Döörlock stahn. Helmut hett noch jüst Tiet sien leve Deern in't Ohr to flüstern: „Kumm tokern Middeweken abend, Klock negen na Rahmakers Schüün, dor künnt wi us drapen, denn is dat tappendüster un nüms süht us."
Katrin kann blots noch nickköppen un denn geiht af na Huus.

Twee lange Daag sünd dat noch bit Middeweken, Katrin is so glücklich un de Arbeit flutscht man so. Se weet, dat se flunkern mutt, üm 's abends ut'n Huus to kamen un vertellt ehr Üllern, dat se ehr Kusine besöken will.

Se weiht Heike nu von allns in un de freit sik mit ehr: „Helmut is en feinen anstännigen Minsch, viellich ward he dien Brögam, du wünscht di dat doch so.“

To Klock negen slickt sik de Deern na Rahmakers Schüün un Helmut is dor all un luurt op ehr. Se find't 'n Bund Stroh, wo se sik op daalsett un maakt sik dat gemütlich.
Halvig teihn steiht Katrin bi Heike vör de Döör. De is verwunnert un neischierig: „Wat is los? worüm kumms du all woller? Is de Bengel nich kamen, hett he di versett?“
„Nix von dat“, antert Katrin, „ik bün böös to schick kamen. Eers hebbt wi us dor gemütlich daal sett un us watt vertellt. Aber wat meenst du woll, stell di vör, op eenmal rück he nöger ran, is so drook un will mi 'n Söten opdrücken.“
Heike verknippt sik dat Lachen: „Och Katrin, muß nich so krüüsch ween, dat hóört dor doch so mit to, he müch wollsachs geern dien Brögam weern.“
„Nä, nä, nä un nochmals nä“, verklookfidelt Katrin ehr mit knäterroden Kopp, „ik heff dat sehn, wenn he mit sien'n Mund de eklige Swiensblaas oppuußt. Mit dissen sülvigen Mund, de viellich jüst 'n Stunnen vörher de Blaas besabbert hett, wull he mi 'n Söten op'n Mund opdrücken! Nä, nä, nä, sowat nich, nich mit mi!“

Inköpen in'e Stadt

Vundag kann Marianne över dit Beleevnis luut lachen un all de, de disse Geschichte leest, künnt uk geern lachen un schulln dat uk doon.

Har Marianne domols weten, wat ehr an dissen Dag bleihn dä, denn weuer se gewiß to Huus bleben, aber dat güng man nich.

De Oma in de Familie will sik en schöne warme Winterjack köpen un Marianne, ehr Swiegerdochder, schall de mit utsöken hülpen, denn de kennt sik mit Mode un all son'n Kram ut. So oolt wie Oma uk is, ganz eendoont, beten eitel is se jümmer noch.

Oma is egentlich de meiste Tiet to Huus un wohrt ehr Enkelkind Felix. Dat deit se geern, denn de Littje is ehr Een un All. Nu mööt se denn jo doch den litten Kröööt, de noch knapp öbern Disch kieken kann, mitnehmen. De littje Göttoors hett masse Temperament, plätert mit jeden un vertellt allns, wat he weet. Sien Mundwark geiht as son Lämmersteert, aber twee starke Froons kriegt dat sicher hin un künnt em bändigen.

Dat geiht uk allns goot, beter as de beiden dacht hebbt, denn för Felix is dat hier doch woll ungewohnt un frömd un he staunt eerstmal blots un swiggt still.

Nu söcht Oma Gesche an de Stänners, wo so veel Jacken hingt, soveel Utwahl, nä, wo goot dat Marianne mitfeuhert is. Öd find't se dat Paßliche, en moderne flotte Jack, de Farv steiht ehr to Gesicht. Oma probeert dit feine Stück an Oort un Steer in'n Laden an, bruukt nich mal in en Kabine rin. O, de Jack is schön warm, süht smuck ut un paßt, as wenn se extra för Gesche maakt is, de nimmt se mit.

Marianne will sik bi disse Gelegenheit noch gau 'n enge Jeans toleggen, en wat betere förn Sünndag. Se mutt wat länger söken un ehr Jung is nu uk opdaut un löppt hin un her, verstickt sik achter de Klamotten. He speelt mit Oma versteken un Oma schall em söken. Dat kann de ole Fro aber nich langen mitmaken, se grippt sik ehrn Flaßkopp, nimmt em op'n Schoot un jümehr Stohl steiht jüst för de Kabine, de Marianne in Beslag nimmt, üm de Büxen antoprobeern. Felix hett aber 'n runnen Oors un kann dat Stillsitten nich uthooln. He rutscht rünner von'n Schoot un gluupt achter den Vörhang, wo Mama is un süht ehr dor blots in'n Schlüpfer. He witscht trüch op Oma ehrn Schoot un is ganz nadinkern. Op eenmal hullt he sien'n litten kloken Wiesfinger hoch na dat Kabuff hin, wo he sien Mama so halv naakt sehn hett un kraiht ganz luut dörn Laden: „Hier maakt mien Mama blots em A-a , de kummt glieks woller ruut."
Marianne schütt mit'n puterrot Gesich dör den Vörhang un protestiert. Ehr Wöör gaht aber ünner in dat Lachen un Juchen von de Kunnen. Ob se sik noch'n Büx köfft hett, is nich överlevert. Se will blots noch rünner von de Etage un land't bi de Kinnersaken. „Alles für das Kind", steiht op dat Schild an'e Rulltreppen.

Hier bi dat interessante Speelkram will Oma em woll bändigen künnen.

Marianne hett op ehrn Notizzeddel keken un dor staht noch 'n poor Kleenigkeiten op, de se noch erledigen will. Jungedi, disse Etage is 'n gode Idee ween, denn hier spörnt Felix nich rüm. He bekickt sik allns ganz niev, nimmt uk mal 'n Teddy in'n Arm un kickt in'n Poppenwagen rin. Aber denn kriggt he de Autos to sehn, de in'e Grabbelkist liegt un he dinkt, dat he de mitnehmen kann. Oma kann dat noch jüst verhinnern, dat he sik een'n in'e Büxentasch stickt un vertellt em: „Dit allns hett de Wiehnachtsmann hier utstellt un du dröffs di to Wiehnachten wat dorvon bestelln.“ Oma wiest em nu de Legostenen un de Isenbahn ut Legos, de littje Muscheblix is hin un weg. Dat lange Stahn is ehr bald leed un de Luff is hier uk nich to best. Oma müch geern mal eben daalhuken un se kickt sik na en'n Stohl üm. Se hett Felix blots 'n halve Minut von'e Hand loslaten un de Littje is afduukt. Se röppt em, eers lies un denn wat luter: „Felix, wo büst du, segg mal piep.“
Se dinkt, dat dat Kind woller Versteken speelt, aber se höört un süht em nich. Se is ganz opgereegt, denn man leest jeden Dag in't Blatt von soveel Slechtigkeiten. As ehr Swiegerdochder kummt, steiht se dor mit Tranen in'e Ogen. Nu söökt se beide un fraagt uk Kunnen, ob se woll son'n hellhoorten Jungen sehn hebbt. Nüms kann jüm hülpen. Enige Lüüd puult ehr uk welke to un piesackt ehr mit böse Wöör: „Ja, junge Frau, da hätten Sie besser auf Ihr Kind aufpassen sollen.“
Son Stänkern is jüm beide ganz tonah. Em utropen laten nützt sicher uk nix, denn op Felix dat öberhaupt verstahn

kann? Se mööt wieter söken un gaht dör all de Gänge, kiekt in jede Eck. Se hebbt beide de slimmsten Biller vör Ogen in jümehrn Kopp is dat tappendüster. Oma gifft sik de ganse Schuld un Marianne mutt ehr bannig begöschen. Woveel Tiet is all vergahn? Schüllt se amennen doch de Polizei bescheed seggen? Schull disse Sleef alleen de Rulltrepp ropp orer rünner feuhert ween? Se söökt in dat högere Stockwark, hier staht Kinnermöbel, littje Dischen un Stöhl un Kisten un Kasten allns för so littje Gäst. Miteens blifft Marianne bestahn, se troot ehr egen Ogen nich, in en witt Kinnerbett mit bunte Küssens liggt ehr Felix un slöppt. Marianne nimmt em ganz sachte hoch un ehr rullt de dicken Tranen öber de Backen. De Littje meent denn blots: „Mama, worüm weenst du so, hess du di wehdaan?“

So ännert sik de Tieden

Von mien Kökenfinster ut seh ik faken de Schoolkinner vörbi gahn, wenn se een Freestunnen hebbt. Ik frei mi denn, wenn se lacht un vergnöögt sünd. Mitünner hoolt se dat Handy ant Ohr, noch fakener seh ik, dat se mit 'n Dumen op dat iPhone rümspeelt. Se schrieft denn amennen den en orer annern Schöler de neitsten Nachrichten orer blots 'n korten Gruß. Is dat viellich sogor de moderne Form von'n söten Liebesbreef? Is eendoont, de Kinner hebbt dat wichtig, dat schient jüm masse Spaaß to maken un dat deit nödig.

Vele lange Stunnen mööt de Schölers opstunds in'e School afsitten. Se lehrt mit'n Computer ümgahn un verschiedene Spraken, nich blots hoch- un plattdüütsch un noch ganz veel annern Kram för dat wietere Leben. Namiddags geiht veel Tiet mit Schoolarbeiten hin un den blifft nich veel Freetiet ton Spelen orer för Hobbys öber. Aber op de Ferien freit sik de Schölers, dat is de beste Tiet in't ganse Johr. Se verreist denn mit jümehr Üllern orer Grootüllern wiet weg un seht veel Neies von de grode, wiede Welt.
De Kinnertiet von mien Johrgänge, de so süßtig bit sömbtig Johr her is, verlööp ganz anners, ob dat beter orer slechter weuer, is 'n Fraag. Wi sünd von litt an, vele Freeheiten gewohnt ween. Sobald us litten Been lopen kunnen, schechen wi los un besöchen den Naber. Jedes Johr wörn wi sülvstständiger un güngen dör us littje Dörp, mal hierhin un mal dorhin, alle Döörn stünnen us apen. Wi müssen us de Speelfrünnen sülvst söken, denn en'n Kinnergoorn geev dat nich. Middags Klock twölf wörn wi ton Eten na Huus schickt. Jüstso güng us dat 's abends Klock süß, denn heet dat: „So, nu mööt ji na Huus gahn, jo Mudder will de Kinner tällen.“

Ohn'n enen Test to maken, kömen wi mit süß Johr na School, wi pauken denn jeden Dag, so dree bit veer Stunnen, blots sünndags weuer schoolfree. Bin Schoolmester harn wi to pariern. Undöög dröff nüms maken, denn danz de Rohrstock. Wer sien Schoolarbeiten nich goot schreben har orer fuul ween weuer un dat Gedicht nich utwennig opseggen kunn, de müß een Stunnen nasitten orer 'n Strafarbeit schrieben. Namiddags dröpen wi Schoolkinner us enerwärts ton Speeln. De groden Kinner harn dat Seggen un lehrn de Litten an, de jüm gehorchen müssen.

Disse Gemeenschaft hett us „Sozialverhalten“ bibröcht, ohn dat wi dat markt hebbt.

In'n Sommer, in de hille Aarntiet, müssen wi to Huus bi de Arbeit mithülpen, bi'n Hau naharken un allns, wat us litten Hannen all beschicken kunnen, wör us heten. In'n Harst möök us dat in de Ferien masse Spaaß, bi'n Kartuffelopsöken to hülpen.

Ende Oktober kööm för us Kinner de beste Tiet, wo wi us all dat ganse Johr op freien. Op de natten Wischen, wo in'n Sommer tweemal dat Gras afmeiht un to Hau maakt worn weuer, wüß woller kort Gras. Dit schöne saftige Greun schulln de Keih affreten. Jede Buur hööl dorop, nix to verschinken, uk nich een'n Halm Gras. En'n Elektrotuun geev dat domals noch nich, dorüm müssen woller de Kinner ran. Namiddags wörn de Keih von de Schoolkinner ut de Weide hoolt un op dat Wischland dreben. Disse greunen Oasen legen wiet von'n Dörp af in'e Wallachei un hier harn wi Kinner nu dat Regier alleen. De Keih wüssen genau Bescheed un kennen de Wisch, wo se grasen dröffen. Nu dröpen wi Kinner us ünnern poor Barkenbööm in'n Schadden, jüst blangen den Beek. Us Arbeit güng nu los, wi söchen dröge dünne Telgen tohoop, hööln dor Rietsticken ran un denn brenn un damp dat. De Jungs slepen afgebrakene orer uk hele Weidepöhl ran un denn harn wi dat beste Füür. Wi Deerns fülln Water ut'n Beek in'n Kookputt un koken Tütenzupp. De grütteren Deerns kregen dat all hin un tocken beten Melk ut de Koh, wenn dat Deert so goot weuer un still stünn. Ratzfatz koken wi noch Vanille- orer Schokoladenpudding mit masse Zucker, den harn wi uk noch to Huus stiebitzt. Wi dadeln veel rüm, harn masse Spaaß un de Namiddag is veel to gau hingahn. De Hauptsaak wör nie geern erledigt un bit toletz opschoben, dat weuer de Schoolarbeit. Schrieben bruken wi nix, denn de Schoolmester wüß, dat us en Disch fehl. Aber Rekenopgaben müssen lööst weern. Dor weuern jümmer een orer uk twee Genies twüschen, de dat öd rutkregen un de annern Kinner kunnen afschrieben. Nu harn entweder alle Schöler allns richtig orer allns verkehrt.

Dat allns verboden weuer, wat wi dor hanteiern, wüssen wi. Füür dröffen wi nich anböten, de Todaten för us köstlichen Mahltieden dröffen wi us Üllern nich stiebitzen. Dat Water ut'n Beek koken, wo uk de Deerten ehr Snuut rin höln, üm ehrn Döst to stillen, har us nüms verlöövt. De Üllern wüssen genau, wat wi dor so an'n Dag geben, denn se kunnen sik bestimmt trüch besinnen. Se harn dat in ehr Kinnertiet jüst so maakt.

Dat twüschen disse beiden Tieden zig Johre liegt is nödig. De Fraag is: Watvon Tiet is di de leevste?

Dat Nödigen geiht reegrund

In dat littje Dörp Osterbeek mit gode veertig Hüüs weet jedereen över jeden allerbest Bescheed. Jeder hett hier sien egen Nück un de dröfft he uk hemmen. Nüms is den annern sien Schoolmester, denn wat is richtig un wat is verkehrt? Jeder meent, sik sülvst to kennen, aber he wiest dat nich. Striet ünner de Navers gifft dat nich. Schull ener dat riskiern un Unenigkeit anfangen, denn ward he von all Lüüd in'n Dörp scheef ankeken un dat döcht nix.

In'n Winter geiht hier de Tiet mit Nödigen un mit Nödigtweern goot hin. All werd se eenmal inlaadt, mal de jungen un annermal de olen Lüüd. 'S abends so bi Klock söben rüm fangt son geselligen Abend an. Dor geiht dat denn hoch her mit Lachen un Vertellen. Wenn jüm dat denn leed is, kriegt de Mannslüüd den Düvel sien Gesangbook vörtüüch un dat Kortenkloppen fangt an. De Froonslüüd leggt de Hannen uk nich in'n Schoot, se knütt Strümp orer häkelt feine Spitzen un dorbi nehmt se denn uk de Neeigkeiten dör. Se tuuscht Kook- un Backrezepte ut orer warmt de olen Geschichten woller op. So geiht dat bit Klock teihn hinto, denn mööt de Trümpf, de Beerglääs, Krockglääs un Aschenbekers von'n Disch un Platz maken för Kaffeetassen un dicke Torten un Botterkoken. So geiht denn son Vullbuuksabend ton Oort bit to dat tokamen Nödigen.

Mit de Tiet markt binah jedereen, dat de vele söte Sahne, disse Slackermaschü op de Hüften blifft un se sünd sik eenig, dat se doch lever to Klock söben ton Avendbroot tohopen kamen wüllt. Dat schall aber nich mit Bratketuffeln un Melkzupp aflopen. Beten wat Besonners mutt op'n Disch kamen, sowat, wat dat nich jeden Dag gifft: verschiedene Salate, Knackwuss, Jagdwuss un köfften Schinken, allns wat bi'n Slachter köfft ward un gediegene Kääsorten. Gild dröfft dat kössen, denn dat geiht jüm all goot un jedereen will wiesen, dat he en spendablen Gastgeber is.

So ward uk Müllers Jan, de vör poor Johr Witwer worn is, jümmer in'e Reeg mit inlaadt. He kummt uk geern, obschoons he sik nich een eenzig Mal revanchiert, dor hett he nix mit an'n Hoot. He bearbeit sien'n Hoff mit'n Huushüllersche un mit Daglöhners un steiht sik goot. Weil hier doch jeder över jeden goot Bescheed weet, is dat keen Geheemnis, dat Jan 'n Giezhals is un op dat Gild sitt as de Kluckhehn op de Eier. Is uk eendoont, wie he leevt. En Naber stick em aber doch mal to: „Jan, du büst uk mal an'e Reeg, kunns uk mal nödigen."
Jan nimmt sien Mütz af, schüürt sik mit de Hand över sien'n kahlen Kopp un brummelt sik en'n in'n Boort. Wat schall he dorvon hooln? Wat köst dat för Gild? Dor mutt he över nadinken.

Sien Huushüllersche Katharina, de he kort Trina nöömt, priestert he dat vör. He will dorför keen Gild utgeben, dat kann nüms von em verlangen. He hööpt op Bistand von ehr. Aber dor hett 'n Uul seten, Trina luurt all langen op son 'e Gelegenheit, dat se em mal för de Maak nehmen kann. „Jan", seggt se in'n forschen Ton, „du harst dor all langen sülben op kamen müßt, wat süht dat nagangern ut, wenn du di nich revanchierst. Gah foorns hin un nödig dien Nabers un Frünnen, dat se tokamen Sünndag un Mondag kamen schüllt. Dat is noch Wintersdag, buten kann nüms wat ümkehrn, noch hebbt se all Tiet. Ik maak 'n feinen Ketuffelsalat un dor gifft dat denn Würstchen to un denn kook ik noch'n Tass Kaffee un dorto beed wi noch Broot mit Wuss un Kääs an.“

Dat hülpt nix, Jan mutt sien'n Kopp bugen un snackt mit sik sülvs: „Denn man to, Ketuffeln hebbt wi noog, de köst keen Gild un denn kann dor jeder noch'n littje Knackwuss to eten.“
Trina hett sien Gebrummel mithöört un sett em op'n Putt: „Jan, du wull di doch woll nich lumpen laten, twee Wuss mutt ik för jeden Gast hool'n un denn uk noch'n poor öberher. Welke Gäste eet an son'n Avend uk mal geern dree Knackwüss un dor höörst du uk to. Ik heff dat sehn, dat du bi Hulschen Buur nochmal hinlangt hess, as de Teller ton drütten Mal rümgüng.“

Wat blifft den Pennenschieter nu anners öber, he mutt in den suurn Appel bieten un drebelt los, üm intoladen. De Dörpslüüd freit sik un wüllt all geern kamen.

Trina is nu den gansen Sünndag ant Klein, aber se deit dat geern. Se kriggt keen Been an'e Eer, weil se de Salate all sülben snibbelt. Se is en düchdige Kööksch. En feint witt Dischlaken leggt se op un nu kaamt uk mal de goden Tassen un Tellers mit den breden Guldrand ut'n Schapp.

„So“, prahlt Jan un dorbi smitt he sik in'e Böss as son Farken in'e Schiet, „züh, de Lüüd schüllt uk sehn, woveel ik

anschafft heff, stell allns, wat wi hebbt, op'n Disch. De jungen Lüüd hebbt an'n Sünndag lange Middagsstunnen maakt un nachher blots dat Veeh versorgt, de hebbt keen'n gewaltigen Hunger. Dat meiste Eten blifft vör den annern Dag över, wenn de Ooln kaamt."
Trina deit, wie ehr dat heten is, aber en goot Geföhl hett se dorbi nich.

De ersten Gäste trudelt pünktlich in un in'n Null-Komma-Nix is de Stuuv vull. De Lüüd wunnert sik, denn de Disch kunn woll bald daalbreken, dat sünd se nich vermoot ween. Se hebbt nich blots Lachen un Frohsinn mitbröcht, nä, bi so feine, leckere Saken löppt jüm dat Water in'n Mund tohoop un de Hunger kummt von sülvs. Dat smeckt jüm bannig goot un se eet un vertellt un de Tellers mit Wuss un Schinken, Kääs un Eier weerd jümmer leeriger. Nüms dinkt an Kortenkloppen un Strümpknütten. Jan rückoorst op'n Stohl hin un her, he gluupt un gluupt, maakt 'n langen Hals as son Ganner un kickt jede Hand na, de tolangt. De Würstchen sünd all langen all un von de leckere Jagdwuss is nix mehr to sehn. Un op eenmal stellt sik en Naber risch hin un löövt den Gastgeber: „Jan, Jan, wat meens du dat goot mit us, wat hess du opdischt, dat künnt wi mit besten Willen nich allns opeten."
Jan will noch gau retten, wat noch to retten is un stöttert ganz benaut: „So, so heff ik mi dat uk nich dacht, so, nä, so nich, nä, so schulln ji nich tolangen. Dausendweg! Wat dinkt ji jo blots, wi kriegt doch mornen uk woller Lüüd an'n Disch."
De jungen Gäste hebbt sik woll all sowat dacht, se kriegt dat Lachenschuur un eet de letzten Wussschieben un Trünnels ohn Brot op, bit de Tellers blank sünd.

Son Gaudy weuer keeneen vermoot ween un dorüm is disse Geschichte nie vergeten worn un ward mannicheen Abend woller opwarmt, dat se sik doröber högen künnt.

De hungrige Inbreker

Ganz verstöört un binah mit Tranen in'e Ogen kloppt Metta fröh an'n Mornen bi ehrn Naber ganz luut an'e Döör un röppt: „Gesche, stah op, kanns du mi Broot geben?“

De Nabersfro neiht as son Heek in'n Bett in'e Hööch. Hett se dröömt? Ja, dat mutt se woll, denn bi ehr bedelt doch nüms üm Broot, de Lüüd hier hebbt doch von allens mehr as genoog. Aber denn is dor woller de Stimm von ehr Naversche: „Gesche, ik bruuk Broot, stah bitte gau op.“
Gesche geiht in'n Nachtrock an'e Blangendöör, un richtig, se hett nich dröömt. Metta steiht dor ganz verzagt un bedelt üm Broot.
„Ja een Broot kanns du geern kriegen, aber wi hebbt doch ehrgüstern eers tohopen buten in'n Oben, Swattbroot, Fienbroot, Stuten un sogor Botterkoken backt, dat künnt ji

doch noch nich opeten hemmen, hett jo amennen en dat ganse Backers klaut?“
„Ja“, klaagt Metta, „Dor hett en alle Döörn indrückt un sik över dat Broot hermaakt, aber dat vertell ik di nachher.“
Metta fielt nu mit een ganset Broot na Huus un freit sik, denn ehr Kinner nehmt geern fein opgesmeerte Schieben mit na School. Güstern abend hett sik de ganse Familie al mit'n Pannvull Bratkartuffeln begnögen müßt.

Gesche kann vör Neischierigkeit nich woller in'n Slaap kamen. Ehr lett dat keen Ruh, se mutt wies weern, wat dor passeert is. Gau tütt se sik wat an un pett sik na'n Naver hin.

O, wat is dat hier vör'n Tostand, buten liegt de kaputten Kökenstöhl. In'n Huus sünd de Döörn indrückt orer hingt scheef in'e Angeln. In'e Kòök is dat Schapp in'n Dutt un rundrüm steiht dat hier böös to Steel.

Un nu mutt Metta ehr den Hergang vertelln:
„Och Gesche, du mags dat glöben orer nich, güstern abend heff ik mi wünscht, lever in en Slott to wohnen, as in us windscheve Fachwarkhuus.“
„Nanu“, staunt Gesche, „wi wohnt doch alle hier in ole Hüüs un vertehrt dor glücklich un tofreer us Broot in.“
„Dat is wohr“, antert Metta, „Broot harn wi güstern abend geern eten, denn wi harn all swoor wuracht, dat wi us Hau man int Dröge kregen. Güstern weuer bröddige Hitt un Gewitterluff un dorüm hebbt wi us ole Söög uk nich, wie anners jeden Dag, in'n Appelhoff jagt.“ Se weuer bestimmt in ehrn düstern, köhligen Stall, wo keen Sünn un Mond rinschient, beter ophoben. As ik von'n Melken na Huus kööm

heff ik de Hannen baben Kopp tohopen slaan. Us Söög is dat wollsachs in'n Kaben to langwielig worn un se hett sik Utgang verschafft. De Stalldöör hett se indrückt un denn kunn se op'e Deel rümsnüffeln. Bald töög ehr denn woll all de herrliche Rüük von dat frische Broot in'e Nääs un de wackelige Kökendöör kunn ehr dor nich an hinnern den Stuten to finnen. Dat Brotschapp is blots ganz eenfach öberkrackt, dor bruuk se blots eenmal mit ehrn Rüssel gegen to stöten, denn har se, wat se wull. As ik dor nu öberto kaam, seh ik den Tostand, dor is dat End von weg. Dat Deert steiht to middeweeg in'e Köök un is jüst bi dat letzte Broot ant zappen. Do heff ik dat droke Swien aber bintert, mit de Bessenries nahulpen bit se in'n Appelhoff weuer.

Ik müß hier aber eerstmal Reinkram maken, denn von Anstand har disse Jolante uk nich 'n litten beten Ahnen, se wüß nich, wat sik schickt. Ton Glück steiht in son oolt Huus de Herdwand ganz fast in'e Grund, anners har dit Deert de beiden Döörn uk woll noch toschannen maakt. „Züh, sowat har ik in en Villa in'e Stadt nich beleevt."

„Nä uk doch", meent Gesche, „dit Unheil weuer di dor nich överkamen."
Metta weet aber uk, dat narms blots de hele Welt is un seggt: „Ja, aber uk in de noblen Villas gifft dat Ungemaak, aber ob de denn uk bi'n Naver so gau un so goot Hülp kriegt?"

De Reis ohn Kalenner

Dat is Wintersdag un son gräsigt Weer hett dat langen nich geben. De Nordostwind lett sik nich bremsen. De Isregen, de de letzten Daag von'n Heben fulln is, liggt noch as en Spiegel op de Straten un mornen is Wiehnachten. All freit sik, dat se denn vergnöögt in de warme Dönz sitten künnt un sik den Winter von binnen dör dat Finster ankieken künnt.

Blots bi Kuhlmanns in Maiendörp is nix mit Fröhlichkeit to Wiehnachten, jümehr Oma is jüst poor Daag vör dat Fest dootbleben. Jan Klapperbeen fragt nich langen, de kummt as son'n Deef in'e Nach un hoolt sik de Lüüd to jeder Tiet un Stunnen.

Oma Anna is all'n poor Daag nich goot op'n Damm un mag uk nich rech wat mehr eten un denn maakt se de Ogen to un nich woller apen. Nu sünd dat för de ganse Familie trorige Wiehnachtsdaag.

De Inladen för de Trouerfier, de na Wiehnachten is, werd los schickt. De Nichte Gisela verjagt sik bannig, denn se hett er kööns noch besöcht un sik düchdig wat mit ehr vertellt. Se hööрt ehr uk jümmer goot to, obschoons se allns all hunnertmal hööрt hett.

„De Beerdigung is Dingsdag na Wiehnachten", vertellt Gisela nu ehrn Mann Hemmann, denn an Fierdaag werd keen Lüüd to Graff bröcht. „Wat schall dor blots von weern, wenn de Straten so glatt blievt?“

An de Reis mag de junge Fro gornich dinken, de mag se nich wagen, dor graut ehr vör. Hemmann müch uk nich beleven, dat sien Fro op de spiegelglatten Straten int Rutschen kummt un womöglich mit'n Auto in'n Graben belingen blifft.
He tröst ehr: „Laat mi een Dag Urlaub nehmen un dorhin feuhern un du höttst dat Huus un de Kinner.“

So word dat nu uk bi jüm gemütliche Wiehnachten, jümehr Kinner sünd noch litt un de Wiehnachtsmann kummt mit'n groden, bunten Dannenboom. So gaht disse dree Festdaag in Freide un Harmonie hin un sünd veel to gau vörbi.
Een Daag na Wiehnachten rüst Hemmann nu to för de Fohrt. De Tante to Ehren maakt he sik ganz glatt mit'n witt Hemd, swatten Slips, swatten Anzug un blanke, swatte Schoh. He plaant veel Tiet in, denn de Reis is keen Vergnögen, de Straten sünd steernwies noch spiegelglatt. Aber ehrer he sik versütt duukt dat Dörpsschild „Maiendörp" op un uk en Wiespahl wo „Friedhof“ op steiht. De Weg na'n Karkhoff geiht bannig bargop un is gräsig glatt. „Hier harn de Lüüd woll uk'n poor Schüffel Sand ümut streihn kunnt“, dinkt Hemmann so in sien Sinn. Dor steiht uk noch keeneen Fohrtüüch op'n Parkplatz. Na ja, he is doch'n littje Stunnen to fröh dor, weil he de meiste Tiet ünnerwegs goot vörwarts kamen is. He will sik eerstmal in'e Friedhofskapelle beten utrauhn un besinnen. O, de Döör is noch to! Em kaamt Twiefel, is he op den verkehrten Karkhoff? He süht dor nu'n Kuhlengräber bi de Arbeit, de dat rech swoor hett, de

Bodden is steenhart froorn un he mutt de Pickhacke to Hülp nehmen. Hemmann haalt em an un de annere freit sik, dat he mal kort sien Warktüüch daalleggen un sik verpusten kann.
„Och“, stöhnt he nu, „mornen ward hier'n Oma beerdigt, de har uk woll noch teuven kunnt bit de Eer opliert is.“
Nu fragt Hemmann em, wo denn woll de Graffsteer von Kuhlmanns is, weil dor glieks de Trouerfier is.
„Nä, nä, de find't mornen statt, dorför graav ik hier de Kuhl.“
Hemmann weet nich, wat he seggen schall, he steiht dor in sien noble Trouertüüch, in sien Brägen remintert dat. Hett he nich richtig leest? Op'e Koort stünn doch Dingsdag, dat weet he ganz gewiß. Un dat priestert he den Kuhlengräber vör. „Ja", antert de, „mornen is Dingsdag, Wiehnachten is nich wi Ostern un Pingsten op'n Sünndag un Mondag“
Hemmann sleit sik mit de platte Hand vörn Dööts un schäämt sik, weil he son Dööskopp is un keen beten nadacht hett. He is bedrübbelt un slickt sik as son Heuhnerdeef von'n Karkhoff un denn löppt he, as wenn he 'n Steertfleeg hett, öbern Parkplatz un rin in sien Auto un af na Huus.
Gisela wunnert sik, dat he so gau woller trüch kummt: „Geiht di dat nich goot?“
„Mi geiht dat allerbest.“
„Is wat mit dat Auto?“
„Dat Auto is tipp topp, de Oma wull noch nich mit, wull mornen eers to Graff bröcht weern.“
„Hebbt se de Korten verkehrt druckt, is jüm'n Fehler passeert?“

„Nä, de hebbt allns richtig maakt, blots wi beiden sünd dösig, wi harn op'n Kalenner kieken müßt. Wiehnachten is in dit Johr en Arbeitgeberfierdag un fallt op'n Sünnabend un Sünndag, vundaag is Mondag, mornen is Dingsdag. Vundaag heff ik den Weg öövt, mornen mutt ik de Reis nochmal maken.“

Rünner von'n Hoff!

Wo langen hebbt se hier nu all rüm kukeluurt de beiden jungen Schandarms Kuddel un Harm. So bilitten ward jüm de Tiet lang, se rückoorst rüm un weet nix mehr an'n Dag to geben. Mit lustig Vertellen is all masse Tiet hingahn, de gediegenen Dörpsgeschichten hebbt se dörnahmen un nu sünd se bi de Politik ant stöttern, wat is goot un wat is gorne to bruken un dor kriegt se sik binah bi in'e Wull. Harm weet Rat: „Mien Tante sä denn toletz, wenn se Gäste har: 'Eet jo satt un suupt jo dick un hoolt de Snuut von Politik'."
„Goden Spruch, dor is wat an, wi drööft nich vergeten, wi sünd nich ton Vergnögen hier", meent Kuddel.

De beiden hebbt den deenstlichen Opdraag den Supermarkt nich ut'n Oog to laten. Se hoolt de Wach in en ganz gewöhnlicht Auto un hebbt sik uk eenfach utstaffeert, as opstüns junge Lüüd rümloopt. De en sitt dor in'n düsterblaut un de annere in'n swart T-Shirt un beide hebbt se Jeans Büxen an, de vör de Knie kaputt sünd.

Se wohrt jümehrn Opdraag un pliert na de Döör von den Supermarkt. Se seht, wer dor ut- un ingeiht, se sünd dor all bald rammdösig von worrn. Ditmal wüllt se aber en'n Verbreker griepen, denn disse Laden is all tweemal överfulln worden. An den ersten Freedag in'n Maand,
's abends so eben vör Klock acht, wenn dat Geschäft dicht maakt ward, dünkern dor twee Mannskerls op. De en bleev in'n Auto besitten un leet den Motor lies tuckern. De annere güng in'n Laden un nöhm ut de Regale, wat he bruken kunn

un denn kreeg he an'e Kass sien'n Revolver vörtüüch un feller dat Gild, wat he denn uk kreeg. Dat güng so gau, dat de poor Kunnen, de door noch an'e Regale rumsöchen, dor meist nix von wies worrn sünd. Aber vunabend röögt sik dor nich veel, 'n paar junge Deerns hüppt dor noch flink rin, de wüllt sik wollsachs noch'n Ies günnen.
En ooln Rentner grippt noch na'n Inkoopswagen. Dat duurt nix, do kummt de ole Mann woller rut mit'n Kasten Beer un'n Kist Water. Wo will he dormit hin? He stüürt op jümehr Auto to, ritt de Kufferklappen apen un hievt sien swore Last dor rin. He stöhnt un hachpacht dor bannig bi. Mit'n Swung un Krach haut he de Klappen dicht un neiht noch maal mit grode Treer in'n Laden rin, dat de em blots nich de Döör vör de Nääs tomaakt. As he woller buten is, slutt de Verköpersche de Döör dicht. Nu stüürt de Ool op sien egen Auto to, dat lett jüst so as dat, wo de beiden Schandarms in op'e Luur sitt. Allns kloor, he hett sik versehn un nich mit Afsicht jüm sien'n kostboren Inkoop spandeert. Nu kennt Kuddel em un weet: „Dat is Snieders Vadder, de speelt vunabend mit mien'n Unkel Fidi Skat. Wollsachs hett he noch, op'n letzten Drücker, an den Döst dacht."
Ohn Arg düüst de Ool nu na Huus un de beiden Schandarms verfolgt em bit na Snieders Huus.

Opa stiggt ganz gemächlich un tofreer ut, weil he noch allns to rechter Tiet op'e Reeg kregen hett. De beiden jungen Autokutschers springt uk ut ehr Auto und gaht hüllsch forsch op em to. Noch ehrder as de Beamten ehr Schottwark open doon künnt, schaffutert Opa los un kummt de beiden Snösels knüttfuust in'e Mööt. He blafft jüm an: „Rünner von'n Hoff!

De beiden Jungs lacht un begöscht em: „Snieders Vadder, wi wüllt di doch hülpen."
De Opa blifft bestahn un wunnert sik, dat de beiden jungen Bengels em mit Naam ansnackt un dat uk noch op plattdüütsch. Jungedi! De beiden gefälligen Jungs sleept de Kisten mit de Buddels ratzfatz int Huus. Nu ward'n Rieten, den olen Mann sien'n Brägen is ganz verbiestert. Wat is los? Wat sünd dat för Winkeltöög? Nu wiest de beiden jungen Lüüd em mit'n Luusangelgesicht jümehrn Polizeiutwies un vertellt em: „Du hess allns richtig maakt un de vullen Kastens in us Auto stellt. Sowat is för di veel to swoor to slepen. Wi freit us, dat wi di hülpen dröffen."
Un batz sitt se woller in ehr Fohrtüüch.
„Ji schüllt veelmals bedankt ween, danke, velen Dank", röppt de Ool jüm na.

He weet, dat he sien'n Skatbröder vunabend disse sonnerbore Geschichte ton Besten geben kann. Ob se em de glöövt?

De Kaffeeketel maakt Musik

Dat gifft Geschichten, de in'n Dörp passeert sünd, de werd nie vergeten un jümmer woller opwarmt. Mal sünd se lustig un anner Mal sünd se dat Gegendeil. Dit Beleevnis hett Gisela mi vertellt, ob dat lustig orer trorig is, dat mööt ji sülvst rutfinnen.

As dat vör ganz langer Tiet noch keen Friedhofskapellen geev, fünnen de Trouerfiern op de Buurndeel statt.

Dat Sarg steiht baben op'e Deel un is toeerst noch apen, dormit de nöögsten Frünnen den Doden noch mal sehn künnt un em „Aufwiedersehn" seggen künnt. Op'n Flett steiht en

Disch, wo de Bibel opslaan liggt un twee Talliglichter brennt. An beiden Sieten von de Deel staht Stöhl un Bänk för de Trouergäste. De Lüüd, de von wieterher anreist sünd, werd to Kaffee un Koken in de Dönz rin nödigt. Disse Arbeiden besorgt de Nabers. En elektrischen Herd hett noch nüms, dat heet, dat ünnern Herd bannig mit Hult un Torf inkachelt weern mutt, dat se to jeder Tiet dat Kaffeewater hitt hebbt. Dor staht jümmer dree Kaffeeketels opt Füürlock un weerd vörwarmt, denn na dat Begrävnis, gaht de Frünnen von'n Karkhoff in dat Trouerhuus un denn gifft dat nochmal hitten Kaffee, deftig Brot mit Mettwuss un Schinken un den restlichen Koken. So is fröher de Afloop von Beerdigungen op'n Dörpen ween.

Nu is Rickers Buur dootbleben, obschoons he egentlich noch nich dat Üller har, he har noch goot un geern teihn Johr gesund leben kunnt. Man schull nu dinken, dat all Dörpslüüd trorig sünd, denn wenn en dootbleben is, höört man faken: „oh, dat deit us aber leed.“
De Lüüd singt manicheen Doden Lobleder na. Se künnt veel Godes över em vertellen, ob en to Lebenstiet vergnöögt weuer, orer mildgebend un dat se em Dank schüllig sünd.

Blots bi Rickers Buur süht dat anners ut. „Zo, is he doot? Denn man to“, heet dat, nüms von de Dörpslüüd weent em'n Tranen na. Wie kummt sowat? Rickers Richard is keeneen wat günnen ween. De Deensten wesseln alle nääslang, Eten geev dat nich to best, in de Zupp keken mitünner mehr Ogen rin as rut. För de Daglöhners wör de Fierabend laat, een Stunnen müssen se meist ümsünst arbeiden, dat kenn Richard nich anners. In de Koornaarn müß dat letzte Foder noch afstaakt weern, weil de Wagen den annern Dag leerig praat stahn müß. Danke to seggen, vergitt he meisttiets uk noch.

Nu steiht Richard Rickers doot in'n Sarg op'e Deel, twee Talliglichter brennt un de Pastor hullt de Trouerrede. He vertellt dat so, wie de Anbehörigen em sien'n Lebensweg schillert hebbt. Jüst as de Pastor so richtig uthoolt un seggt , dat disse gode Minsch nu starben müß, in'n Himmel aber all'n goden Platz för em bereit stünn, do fangt dat Kaffeewater an to Koken. Gräsig luut fleit de Ketel un obertöönt den Pastorn sien goden Wöör. Flink neiht een Nabersfro hin un tütt dissen Muskanten von't Füür un bringt den ton Swiegen. Enige Trouergäste mööt ehrn Mund fass tokniepen, dormit ut dat Smustern keen luut Lachen ward. De Froonslüüd hebbt den Herd woll so in'e Wallung bröcht, dat de tweete Ketel dat Fleiten anfangt, as se mit dat Sarg dör de grote Delendöör na buten teht.

Soveel Musik op'n Beerdigung hett vorher noch nüms in'n Dörp beleevt un sowatt is uk nachher nie woller vörkamen. Vertellt ward dat aber op jeden Klöönnamiddag.

Op de Rettungswache

Wat ankt un stöhnt de veer jungen Mannslüüd von de Rettungswache, as wenn se en'n gewichtigen Minschen veer verwinkelte Treppen hindaal sleept hebbt. Se streckt alle Veere von sik, se künnt sik knapp noch rögen. Un dat alles blots weil se so gierig ween sünd un keen Maat wüssen.

Tatsächlich is jümehr Doon rekordverdächtig, dat is nich von'e Hand to wiesen. Jüst bi Schichtwessel as se alle Veer to Steer sünd, hebbt se dat schafft. Heiko un Markus hebbt Fierabend un Edu un Willi lööst jüm of, de beiden mööt von nu an praat stahn in de Rettungswache.

Heiko hett vundag Geburtsdag un spandeert 'n dicke Sahnetorte mit saftige, söte Erdbeeren un de wüllt se nu to Kleed. He hett de so langen trüchhooln bit se to veert sünd, denn smeckt de noch beter. Un wie de smeckt, mit 'n starken Kaffee dorto, denn Edu un Willi mööt waak blieven. Dat schulls nich menen, de veer Jungs hebbt de dicke Torte verputzt. Is kloor dat se stief hin staht un sik nich rögen un bögen künnt. Uk Heiko un Markus, de Fierabend hebbt, blievt besitten un leist jüm Sellschop. O, wo schall jüm dat blots gahn, wenn dat Telefon bimmelt un Edu un Willi denn fix un beenig ween mööt. Heiko tröst jüm: „He wat, dor mööt ji nich an dinken, wat schall nu noch veel passeern, dat is keen unascht Weer, de Straten sünd nich glatt un dat geiht op Mitternacht to."
Nu quält se sik rüm mit Buukkniepen, weuern se blots nich so gierig ween. As dat Gestöhne keen End nimmt meent

Markus: „Heiko, du büst an'e Rehg, büst stillswiegens een Johr üller worn. Du kunnst 'n echten Konjak utgeben, dat is Medizin."
„Du büst woll mall, wi drööft hier nich eenen Drapen Sprit to us nehmen, wi kaamt in Düwels Köök", protestiert Willi. Nu schickt de beiden, de Fierabend hebbt, sik an, na Huus to feuhern. „O, nä, bedelt Edu, laat us doch hier de ganse Nacht nich alleen versuurn mit den Buuk vuller Sahne. Blievt noch 'n beten un vertellt wat un wenn dat uk nich wohr is. Leegt so goot ji künnt, dat wi hier nich vereensaamt."
Heiko kickt nünnern Bööm un kukeluurt. Ob dor baben wat schreben steiht? Un denn kummt he dor mit rut: „Seggt mal, is Beer uk Alkohol, wat verboden is, orer is dat'n Huusmiddel gegen Liefpien?"
Nu weet Willi: „Beer is gegen al dat Slechte en goot Gegenmiddel, leider sünd aber de Kneipen dicht un wi mööt verzichten."
Heiko slick na buten, will he stillgens utneihn? Nä, sien Mütz hingt noch an'e Tuppenboort. O, dor steiht he all mit veer Buddel Beer woller int Döörlock un seggt: „Wi mööt doch wenigstens anstöten op mien fiefundörtig Johr, de ik hier nu all op us allerbeste Eer tobring."
O, dat deit jüm goot, se weerd woller goot to weeg. Op een Been künnt se nich stahn un dat Geburtsdagskind schafft noch mal för jeden 'n halben Liter her, denn wenn de Göös Water seht, denn wüllt se supen.

O, wat is dat, wat mööt se höörn, jümehr Alarmglocken bimmelt. En Radfohrer is in'n Düstern gegen de Hochboord feuhert un is hinknallt, He mild't sik sülvs bi jüm mit sien Handy. Nu hebbt se dat Schaap int Blaarn. Wer schall ant Stüür mit disse Beerfahnen? „Edu, du büst an'e Tour, wenn dat na Reeg geiht“, seggt Willi. Se steekt sik noch gau 'n Pfefferminz Drops achter de Kusen un denn düüst se los. An'e Eck, wo sik veer Straten draapt, liggt de arme Buss. He is mit'n Rad koppheister gahn un kann nich hochkamen, dat Been deit em weh, jüst öbern Halsfoot, dor wiest he hin. En Autokutscher hett em na Siet drängt un dorüm is he gegen de Hochbord suust. Von den Autokutscher is nix mehr to sehn, de is öber alle Barge.

Nu mööt se doch noch den Schandarm anwecken un se steekt sik nochmal 'n scharpen Drops in'n Mund. De Schandarm kööm veel to gau un sä: „Ich helfe euch eben, den Verletzten ganz sachte auf die Trage zu heben.“ Bi dit Doon rüükt de Schandarm de Beerfahnen un stellt fast: „Der Kerl ist ja sturzbesoffen, gebt das in der Klinik an, damit eine Blutprobe entnommen wird.“

Nu maakt de beiden Sanis, dat se wegkaamt mit den Verletzten in'n Auto. De Beamte har nich spitzkregen, wo de Beergeruch herkööm, denn bi de beiden Sanis kunn he dat op kenen Fall vermoot ween.

In de Opnahm von de Klinik hebbt de beiden de Schwester verkloort, dat de Schandarm von'n Blootproov snackt har, aber dat dä gewiß nich nödig. De beiden Kumpels von de Rettungswache sünd sik in dissen Fall ganz sicher. Se maakt sik gau ut'n Stoff un sünd froh, dat se dor op de gediegene Oort von af kamen sünd.

To Wiehnachten von Amerika na de Heimat

Wat hett Fidi sik freit, as he in'n Fleger seet. Wat hett he sik de Biller fein utmaalt, de öberraschten Gesichter, dat Ümarmen un Mudder ehr Tranen, de se vör Freide weent, wenn he opmal int Döörlock steiht.

Dree lange Johrn hett Fidi op Güntsiet von dat grode Water leevt un arbeit. He hett sik dat sülvst so utsöcht, weil he vörmoot weuer, dat he dordör laterhin sien Gild in'e Heimat lichtfariger verdenen kunn. De Johrn sünd bannig lang ween. An de Fierdaag un besonners an Wiehnachten hett dat Lengen na Huus em gräsig mitnahmen, dat hett nu en End, endlich sitt he in'n Fleger.

Bin Starten nödelt de Pilot bannig rüm, hoffentlich kriggt Fidi den Zug noch, den he inplaant hett.

Sien Üllern weet nich, dat he nu to Wiehnachten all so dicht bi jüm is. He hett jüm wohrschoont, dat he jüm to Neejohr besöken will. Verraat hett he uk nich, dat he in Düütschland gode Arbeit toseggt kregen hett un von nu an in'e Grootstadt, dicht bi jüm, leben will. An'n Telefon kann he flunkern, denn de beiden Tohörers seht nich sien listige Gesicht. Hoffentlich glückt em dat Öberraschen.

De Fleger land't to laat un sien Zug is weg. He mutt nu een lange Stunnen gedüllig luurn. Nu kummt een ton annern, de Bus hett Heiligabend uk Wiehnachten un in den letzten Vörort is Endstation. Nu is Holland in Not, sien Üllern sünd hier vör Johren all wegtagen un hebbt sik den Wunsch erfüllt op'n Lannen to leben un sien Reis is noch nich ton Oort. Fidi will sik 'n Taxe nehmen un find uk gau den Stand, denn he kennt sik hier noch goot ut, sien ganse Kinnertiet, bit to sien Kuffermatschon, hett he hier verbröcht.

Nä, dat kann nich angahn, de Taxistand is doot un düster, nich een eenzig Auto steiht praat. Sien ganse Vörfreide is tonicht, denn na de lange Reis schafft he dat wollsachs nich mehr mit sien sworen Kuffer in'e Hand föffteihn Kilometer dör de Nacht to marschiern. Em blifft nix anners öber, he mutt in'n Gasthuus öbernachten. Wie geern har he dissen Avend bi sien Üllern in de Wiehnachtsstuuv tobröcht!

Ganz trorig steiht he bi de Weertschaft vör de Döör. Hier is allns düster un still un denn leest he dat Schild: Heilig Abend u. 1. Weihnachtstag geschlossen. Dor sitt Fidi nu vör de toe Döör op sien'n Kuffer un is wenensmoot. He weet nich ut noch in, he lett bannig de Flünk hangen. Dor is keen Minsch op'e Straat un dat is bitterkoolt. He slickt sik hier weg as son Heuhnerdeef. He markt nich, dat he en'n Foot vör'n annern sett, so stackelt he de Straat langs. Op eenmal steiht he vör de Kark, sien Kark, wo he uk sien Kuffermatschon fiert hett. He probeert de Döör, drückt de Klink daal, de Döör springt apen. All de Döörn sünd dicht, aber de leve Gott hett sien Huus nich verriegelt. Em överkummt en Glücksgeföhl, hier kann he rin gahn un hier is dat hell. Ganz lies sett he sik op de letzte Bank un hullt 'n stille Andacht un meent, dat he hier ganz alleen is. He ward denn aber doch wies, dat dor en Mann togangen is un neie Lichter in de Haltern op'n Wiehnachtsboom stickt. Fidi krüppt woller rut ut de Bank un bewegt sik langsam na vörn. De Küster, de hier allns op'e Reeg bringen mutt, staunt nich slech över son fröhen Besöker, de sik hier wollsachs rechtiedig 'n goden Sitzplatz sichern will. De Köster vertellt em, dat he noch'n gode Stunnen op den Gottesdeenst töben mutt.

Na dree Johr sünd dat nu de ersten plattdüütschen Wöör, de he in sien Heimat höört. Dat geiht em dör un dör, he föhlt, dat he ankamen is.

Fidi hett Moot kregen un klaagt dissen frömden Minschen allns, wat he in de letzten Stunnen beleevt hett un dat he geern wieter reisen müch na sien Üllern.

„Wi find 'n Weg, maak di keen Sorgen", tröst de Küster em. „Ik mutt hier nu blieven un kann di nu leider nich hülpen. Ik vertell den Pastorn von dien Not un de ward denn ankünnigen, dat de Lüüd na den letzten Gesang noch eben besitten blievt un sik von jümehrn ehemaligen Mitkuffermant, Naver orer Fründ wat anhöört."
Fidi weet nich, wat he dorvon hooln schall. Nä, sowat mag he nich doon. De Lüüd wüllt doch mit Wiehnachtsgedanken na Huus gahn un sik nich mit sien Gejammer belasten. De Küster schünnt em bannig na: „Du geihst na vörn un vertells, wat di bedrückt."
„Nä, dat schickt sik nich, ik drööf doch nich na vörn in den Altarruum gahn."

„In wat för en Tiet leevs du? In'e Kaark gifft dat keen Sünderbank aber uk keen Heiligtum. Us Pastor betoont dat jümmer woller, dat jedereen alike veel wert is. Wo de

Pastor hingahn dröfft, dor kann uk jeder annere hingahn. Wenn du wullt, kanns du dat uk von'e Kanzel ut vertellen, denn künnt de Besöker di noch beter verstahn. Wi överlaat us schöne Kark uk mal Vereene ut'n Ort, wenn se grüttere Rüümlichkeiten bruukt. De nehmt denn allns in Beslaag, uk de Kanzel. Hier in us Kark hett de leve Gott dat Seggen un för den is keeneen so gering, dat he nich an jede Steer in dat Gotteshuus gahn kann. Nüms von us Gemeen hett soveel Macht un Gewalt un uk nich dat Recht, hier wat to verbeden. De Huusherr is un blifft de leve Gott un för den sünd all Minschen gliek veel wert.
Wi sünd en fröhliche, christliche Gemeen un dat Karkengebäude is von buten un binnen vör jeden inricht worn.“

Fidi mag dor nich geern mit tohoop, aber schall he in de Nacht buten op de Straat stahn? Sien Hart puckert un sien Stimm beevt, as de letzte Gesang verklungen is un he vörn Altar steiht un sien Sorgen vertellt. Enige von sien Tohörers kennt em noch un de Fingers fleegt hoch, se wüllt em geern behülpern ween.

Wat is he dankbor, as he in dat Auto von sien ehemaligen Naver sitt un in Richtung Karkhusen feuhert, wo sien Üllern wohnt. Dausendweg! De Weg is veel to kort, se hebbt sik soveel to vertelln.

De Heimkehrer kann sien Üllern dat grode Öberraschen bescheern un is dankbor, dat em de Karkgang soveel Glück un Segen bröcht hett.

De weertvulle Ring

Jümmer is Tante Milli mit ehrn Neffen ant Schünnen: „Uwe söök die endlich 'n Bruut, du worst dor oolt över un denn worst du jümmer krüüscher, dit is nich richtig, un dat müß anners ween, un toletz kriggs amennen gor keen Froo mehr af. Uwe geiht dat all bannig op'n Wecker, denn he is jüss eben dörtig, de Tante hett de achtzig faat un dorüm reekt de junge Mann ehr dat nich to.

Milli heet egentlich Wilhelmine, aber Uwe hett ehr damals in sien Babyspraak Milli nöömt. Wilhelmine hett den litten Uwe to Dööp hooln un kööm sik all damals masse mit em üm. Tante Milli un ehr Mann, de Unkel Hannes heet, de beiden harn 'n littje Sniederee in 'n Gang, glieks achtern Diek wohnen se un dorüm kunn Uwe dor to jeder Tiet hinlopen, de warkeln jümmer to Huus.

Uwe weuer un bleev Milli ehr littje Vertoch uck noch as he all as Landschaftsgärtner sien täglich Broot verdeen. De junge Mann har blangenbi uk noch 'n besonnert Hobby, he kreeg Farv un Pinsel vörtüüch un maal de bunten Blomen, de he hegen un plegen dä.

Dit Doon flutscht em man so ut Handgelenk, un he hett sik dormit all 'n Naam maakt. Inne Kreisstadt sünd sien Biller all mal utstellt worn.

As dat Arbeitsjohr binah rüm is, is dat för en'n, de buten arbeiten mutt, de beste Tiet, Urlaub to maken. Uwe find't de

Adventstiet romantisch un reist nu na Süddüütschland, he will sik mal in de Museen ümkieken un allerwärts hingahn, wo berühmte Malers ehr Biller wiest.

Jeden Dag süht he aber uk, dat de Skilöpers dor togangen sünd. Schull he dat nich uk mal probeiern? Na kloor, he is jung un will dat mal versöken un wahraftig, he schnallt sik son poor lange Breer ünner. Vörsichtig tappt he los un jümmer woller land't he mit de Nääs in'n Snee. Uk wenn dor welke Lüüd lacht, he gifft nich bott. Bald seggt em eener 'n poor gode Ratslääg un wiest em, wie he sik beter op Been'n hullt.

Uwe is goot toweeg, de gesunne Luff un dat gode Weer höögt em, jeden Dag kriggt he mehr Moot un waagt all bannig wat.

Ja, un denn passeert dat Mallör, bums schütt he koppheister. Wie dat so gau togahn is, weet he nich. Foorns sünd dor Hülpslüüd to Steer un ehrder as he sik versüht, liggt he mit 'n Gipsbeen in'n Krankenhuus. Hier mutt he sik nu togeben, aber dat is nix för em. He hett nix ümtokehrn, mutt still lingen un müch na Huus. Dat Heimweh plaagt em, en'n Trost is dat Telefon. Meist jeden Dag weckt he bi sien Tante Milli an, dat is sien tweete Mudder worn, seit sien Üllern nich mehr leevt.
Och, wat duurt de Tante dat, dat he so eensam is un keen'n Besöök kriggt un nich mal to Wiehnachten na Huus kamen kann. Wie kann se em bloß 'n littje Freide maken? Un denn hett se 'n Idee, se backt em 'n leckeren Klaben, son'n allerbesten Wiehnachtsstuten na dat ole Familienrezept, wo se masse gode Botter, Krinthen, Rosinen un Mandeln rin

walkt. Dat schall em woll smecken! Se packt den fein in un schickt den mit de Schnellpost hin.

De Jung is ganz öberrascht un freit sik, dat he en Stück Heimat hett. He will den leckern Stuten noch nich ansnieden, den müch he schonen bit Wiehnachten.

De Jung kann hier bloß mit de Lüüd snacken, de bi em in sien Zimmer ehr Arbeit doon mööt. Veel verschiedene Minschen sünd dat nich. Uwe geiht dat so as al jungen Lüüd, he kickt de jungen Deerns na. Ganz besonners hett em dat en fründliche Schwester andaan, en glatte, junge Deern. De bringt em wat to Eten un to Drinken un fragt denn meistens noch, ob he noch 'n Wunsch hett.

Bild't he sik dat in oder is dat so, dat disse hübsche Schwester em mit ehr blauen Ogen uk beten anlacht? Kummt se nich uk ganz faken in sien Zimmer un ganz dicht an sien Bett un snackt mit em? Uwe is 'n Bangbüx un seggt nich mehr, as he jüss mutt. De stille Drömelack kunn ehr doch uk mal fragen, wie ehr dat so geiht. Em liggt dat Steertstraken nich, dor hett he nix mit an'n Hoot. Amennen gefallt de Schwester sowat uk nich un se kickt denn kuum noch bi em rin. Wie kann de Kranke blots öber sien'n Schatten springen? Har he doch een'n von sien'n bunten Blomenbiller hier, viellich müch se sien gemalt Kunstwaark lieden? To Wiehnachten dröfft doch jeder Geschinke annehmen, dat is doch nich verbaden. He müch ehr doch wat to Gode doon!

Nu fallt em de Klaben von Tante Milli in, den will he ehr schinken. Mit 'n feine Koort, wo he in gemaalte Bookstaben ropp schrifft: „Für Schwester Rosi fröhliche Weihnachten und Glück und Segen im neuen Jahr.“ Dat wickelt he in un verstickt dat in sien'n Nachdisch. So hett he dat praat, wenn de Schwester woller fraagt: „Haben Sie noch einen Wunsch?“

Un disse Moment kummt öd, Rosi witscht gau bi em rin un fraagt , wat se jümmer fraagt. Nu nimmt Uwe sien'n gansen Moot in beide Hannen un seggt: „Liebe Schwester Rosi, in wenigen Tagen ist Weihnachten und ich möchte Ihnen gerne als Dankeschön eine klitzekleine Aufmerksamkeit schenken.“

Un denn haalt he dat Päckchen ut'n Nachdisch un drückt ehr dat in'e Hand. Nu rullt de Deern doch wahraftig twee dicke Tranen över de Backen, se kann knapp „Danke“ seggen un schwuppdiwupp is se all ut de Döör rut.
Hett de Kranke nu wat verkehrt maakt? Worüm kriggt de Schwester dat opmal so hill un löppt rut? Wat bedüürt de Tranen, weuern dat amennen doch Swienstranen? Wat schall he nu von de vermuckte Deern un ehr Fisemantenten hooln? Is he nu int Hörgennest pett? He sitt vörn Knast un lett de Flünk hangen. Hoffentlich kickt Rosi noch mal woller bi em rin!

He markt nu eerst recht, wie verleevt he in ehr is. Jeden Avend is se doch eben bi em rinkamen un hett em „Gode Nacht“ wünscht.“ Ob se sik vör ehrn Fierabend nu noch so veel Tiet nimmt? In Uwe sien'n Kopp is dat tappendüster, slimm, he mutt still belingen blieven un kann nix beschicken. Lesen un sien Nääs int Book steken geiht uk nich, he süht blots Bookstaben un begrippt nich, wat dor druckt is. De Dag will nich hingahn, de Jung kickt blots na dat Döörlock, wo sik denn endlich wat röögt. Un denn kiekt em 'n poor gralle Ogen an un Rosi flüstert binah mit beverige Stimm: „Nochmals vielen Dank, Uwe. Sie glauben nicht, wie sehr ich mich über das liebe Geschenk von Ihnen gefreut habe; mir schenkt keiner etwas. Ich werde es Zuhause auspacken. Ich wünsche Ihnen eine gute Nacht!“

Jungedi, disse Nacht kann den Jung slapen un snurken as son'n Bär.

Un Rosi hett von den Stuten probeert un hett Uwe de annern Dag vertellt, wo goot de smeckt hett. Ehr ganse freie Middagsstunnen hett se em günnt. In 'n Rullstohl is se mit em loskutschiert un beide hebbt se föhlt, ohn veel to snacken, wo geern se sik hebbt.

As de Schwester den annern Mornen bi den Kranken rinkickt, süht Uwe, dat dor 'n Ring mit 'n Rubin an ehr linken Hand funkelt. Uwe ward blaß un weet nich, wat he dorvon hooln schall. Hett se doch 'n Verehrer, de ehr son'n düürt Geschink maakt? Dat bedüürt nix Godes. Dor liggt denn doch wollsachs uk woller de Knüppel bi'n Hund. Sünd nu al de schönen Dröme von letzte Nach fleiten gahn? Em puckert dat Hart, as wenn dat rutspringen will. De Deern kloppt dat Hart noch mehr, as se op em togeiht, sik daalbuckt un em 'n Söten op'e Backen drückt. He is so verdutzt, denn dor hett he sik nich op hat. He begrippt nich, as se em vertellt, dat de Ring ut den Stuten noppen Disch rullt is. Se meent, dat se son weertvullt Stück doch egentlich nich annehmen kann, un denn is se uk all woller buten, denn se is doch in'n Deenst un hett dat hill.

Nu eers kann Uwe kloor öber Rosi ehr Wöör nadinken un mutt doch foorns Tante Milli anwecken un ehr fragen, wat dat mit den Ring op sik hett un ob se den vermißt.

„Oh“, freit sik de Tante, „hess du den funnen? Ik legg den mitünner na Siet, weil mien Hannen so minnen worn sünd un de Ring so loos sitt, dat ik bangen bün, dat he mi von'n Finger rutscht. Ik heff den doch damals von mien'n Brögam, wat nachher dien Unkel Hannes worn is, schinkt kregen. Dissen Ring wull ik mal, wenn de Dag dor is, dien leve Bruut verarben.“

„Leve Tante Milli“, röppt Uwe nu int Telefon, „den hest du ehr all vundaag op en gediegene Oort tokamen laten!“ Un denn vertellt he ehr hoorkleen de ganse Geschichte.

Tante Milli deilt dat Glück mit ehrn Neffen un wohrschoont em: „Hool se fass un laat se nich woller lopen, wenn dat son'e leve söte Deern is.“

Nu kunn man sogor dör den dünnen Leitungsdraht von dat Telefon marken un höörn, wie düchdig sik de Tante mit em freit: „Dat hett allns so ween schullt! Du sühst mal woller, wenn't Glück in'n Moors will, denn hülpt keen Tokniepen.“

Wat de Wöör bedüürt

A
Aarntiet = Erntezeit
afduukt = abgetaucht
afstaakt = abgeladen
alieke = gleich
amennen = wahrscheinlich, vielleicht
ansniern = anschneiden

B
baben = oben
Backsbeern = Sachen
ballstürig = bockig
Bangbüx = Feigling
batz = sofort
Beek = Bach
begöschen = beschwichigen
benaut = bedrückt
besabbert = mit Speichel beschmiert
Bessenries = Besenreiser
bewiesnääst = stichelt
blaarn = blöken, meckern
blangenbi = nebenbei
Blangendöör = Seitentür
Blickammel = Blecheimer
blots = nur
Bööm = Zimmerdecke, Boden
Böstkasten = Brustkorb
böten = heizen
Brägen = Gehirn
bröddige = brütende
Bruus = Dusche
Buss = Bursche
buukkniepen = Bauchweh

D
daalhuken = hinsetzen
Deert = Tier
döcht = taugt
Dööp = Taufe
Döörlock = offene Tür
dösig = dumm
Dööskopp = Dummkopf
Dööts = Kopf
Doon = Tun
dootbleben = gestorben
drock = eilig
Drömelack = Träumer
drook = frech
drünsen = bettelnd, fordernd
Dusel = Glück

E
eendoont = einerlei
Egen = Eggen
ehrgüstern = vorgestern
Exküsen = Streiche

F
faken = oft
Farken = Ferkel
fellert = fordert
fielt = flitzt, läuft schnell
flunkern = ein wenig schummeln
foorns = sofort
fründjert = flirtet
futert = schimpft laut

G
Gatz =Wunde, Einschnitt
gau = schnell
gluupt = guckt, stiert
Göös = Gänse
griese = graue
Güntsiet = gegenüber liegende Seite

H
hachpacht = atmet schwer
Halsfoot = Spann
halvstieg = 10 Stück
hangenhoor = beinahe
hanteiern = arbeiten
Hau = Heu
Heek = Hecht
hill = eilig

högen = lachen, sich freuen
hökert = handelt
Hörgennest = Hornissennest
hüllsch = sehr
Huushüllersche = Haushälterin

I
inkachelt = eingeheizt
intütt = einzieht

J
Jan Klapperbeen = der Tod
jechenseem = irgendjemand
jümehr = ihr, ihre
jumpt = springt

K
kehrt = kümmert
Kiekschiev = Schaufenster
Knääp = Streiche
knäterroden = grellrot
Kniep = Klemme
knüttfuust = droht mit der Faust
kööns = vor kurzem
Kökenschapp = Küchenschrank
Koornaarn = Kornernte
koppheister = kopfüber
Krainschiet = Unarten
krüüsch = zimperlich, wählerisch
kukeluurt = heimlich spähen
Kusen = Backenzahn

L
laterhim = süäter
leger = schlimmer
lett so = sieht so aus
lichtfariger = leichter
Liefpien = Bauchweh
luurt = wartet
Luusangelgesicht = listiges Gesicht

M
Maand = Monat
männicheen = mancher
Middeweken =Mittwoch
Mööt, inne = entgegen
Muscheblix = kleiner, gewitzter Schlingel

N
nagangern = versteckt, geizig
neiht = springt schnell, eilt
neischierig = neugierig
nickköppen = bejahend nicken
niev = genau
nödelt = geträdelt
nödigen = einladen
Nück = Eigenarten

O
obschoons = obwohl
öd = bald
opdükern = erscheinen
opliert = aufgetaut
opstüns = zur Zeit
Ossen = Ochsen

P
peit = steil
pett = geht
pliert = schaut
Ploog = Pflug
Plünnensack = Lumpensack
pülscht = schwappt über
Püttjergeschirr = Porzellan und Tonwaren
Putzbüdel = Friseur

R
rammdösig = benommen
reegrund = reihum
Rietsticken = Streichhölzer
risch = aufrecht
röögt = rührt
rückoorst = rutscht auf dem Stuhl hin und her
Rüük = Geruch

S
Schaap = Schaf
schafütern = laut schimpfen
Schandarm = Polizist

schannewert = schade
Schapp = Schrank
Schinkenbüdels = lange, warme Unterhosen
schirrwarken = arbeiten
Schöörn = Scherben
Schottwark = Mund
schünnen = sehr zureden
siet = niedrig
Slackermaschü = geschlagene Sahne
Sleef = Schlingel
Slott = Schloss
Smitt = Schmied
Smüstern = schmunzeln
Sniederee = Schneiderei
Snösels = junge Flegels
snüffelt = schnuppert
snurken = schnarchen
snutenfarig = schlagfertig
Snuut = Schnauze
Söög = Sau
spaddelt = zappelt
Splien = Tick
steernwies = stellenweise
Steerstraken = schmeicheln
Stutenweken = Flitterwochen
Sülten = Sülze
swungst = schwingt, wedelt

T
tällt = zählt
täsig = zahm
Telgen = Zweige
teuven = warten
Todaten = Zutaten
tokamen = nächste, zukünftige
Treer = Schritte
Treier= = Hundenapf
Trünnels = dicke Wurstscheiben
Tuppenboort = Garderobenhaken
Tuunkönig = Zaunkönig
Twirn = Zwirn, Tuch

U
unascht = schlimmes
utstaffeert = gekleidet
Uul = Eule

V
verbiestert = verwirrt
verklookfidelt = erklärt
Vörleev = Vorlieb
Verlööv = Erlaubnis
verpusten = verschnaufen
Vertoch = Liebling
Vörjohrsabend = Frühlingsabend
vörtüüch = hervor
vundaag = heute

W
Wallachei = Einöde
Warkeln = arbeiten
Warktüüch = Werkzeug
weuern = waren
wiebelsteert = Hund wedelt mit dem Schwanz
wies worn = gewahr geworden
Wiespahl = Wegweiser
wiest = zeigt
Winkeltöög = gediegenes Tun
Wischen = Wiesen
wittsnabelt = blaß
wörn = wurden
wahrschoont = gewarnt
wohrt = behüten, bedenken
wollsachs = wahrscheinlich
wurachen = schwer arbeiten

Z
Zeeg = Ziege

Veröffentlichungen von Grete Hoops

Grete Hoops
Twüschen Waterkant, Heide un Moor
2001, 70 Seiten, 8,50 €
ISBN 3-89598-810-3

Grete Hoops
Dor frei ick mi all langen op
2002, 64 Seiten, 8,50 €
ISBN 978-3-89598-914-8

Grete Hoops
Von Wiet un Siet ut jede Tiet
2003, 80 Seiten, 8,50 €
ISBN 978-3-89995-036-6

Grete Hoops
Bohnen, Beern un Speck oder: De Tippelbröder
2004, 80 Seiten, 8,50 €
ISBN 978-3-89995-134-9

Grete Hoops
Allerlei un Allerhand ut us plattdüütsche Land
2005, 80 Seiten, 8,50 €
ISBN 978-3-89995-221-6

Grete Hoops
Dat löppt sik allns trech
2006, 80 Seiten, 8,50 €
ISBN 978-3-89995-358-9

Grete Hoops
Mit Dela un Didi dör dat Johr
Ein reich bebildertes Vorlesebuch in plattdeutscher Sprache, 2006, 36 S., 19,90 €,
ISBN 978-3-89995-338-1

Hör-CD / Grete Hoops
Von Heideland bit Waterkant
Plattdüütsche Döntjes
70 min Laufzeit, 2007, 9,80 €
ISBN 978-3-89995-440-1

Grete Hoops
Plattdüütsch Woort het'n warmen Klang
2008, 80 Seiten, 8,50 €
ISBN 978-3-89995-567-5

Grete Hoops
Geschichten, de daat Leben Schrifft
2009, 80 Seiten, 8,50 €
ISBN 978-3-89995-663-4

Grete Hoops
De Klönsnack is dat Beste an'n Norden
2011, 80 Seiten, 8,50 €
ISBN 978-3-89995-796-9

Grete Hoops
Fierabend op'n Dörpen
2012, 80 Seiten, 8,50 €
ISBN 978-3-89995-907-9

Grete Hoops
De Koh vergitt, dat se 'n Kalv ween is
2013, 80 Seiten, 8,50 €
ISBN 978-3-7308-1028-6

Grete Hoops
Kiek wiet, snack platt un höög di
2014, 80 Seiten, 8,50 €
ISBN 978-3-7308-1115-3

Grete Hoops
Advents- un Wiehnachtsgeschichten
2014, 9,80 €
ISBN 978-3-7308-1108-5

Grete Hoops
Dat geiht doch narms duller her as oppe Wilt
2016, 80 Seiten, 8,50€
ISBN 978-3-7308-1307-2

Grete Hoops
Oh Tobi, wonehr warrst du klook!
2017, 64 Seiten, 8,50 €
ISBN 978-3-7308-1400-0

Grete Hoops
De ehrboren Lüüd in Flettkanten
2018, 70 Seiten, 8,50 €
ISBN 978-3-7308-1487-1

Grete Hoops
Dat Lösegeld
2019, 70 Seiten, 8,50 €
ISBN 978-3-7308-1598-4